ヒロインに婚約者を取られるみたいなので、悪役令息(ヤンデレキャラ)を狙います

宝 小箱

ビーズログ文庫

CONTENTS

シンシア・ルドラン
次期子爵を目指す、子爵令嬢。
自らが転生者であることに気づき、
乙女ゲームの悪役令嬢となる
運命に抗うため
新たな婚約者を探し始める。
シライヤ・ブルック
公爵家の三男。生まれから
虐げられて育ったこともあり、
ゲーム上ではヒロインを道連れに
バッドエンドとなるヤンデレな
悪役令息として登場している。
しかしその本性は……？
ヒロインに婚約者を
取られるみたいなので、
悪役令息（ヤンデレキャラ）を狙います
CHARACTER

エディ・ドリス
没落しかけている伯爵家の令息。
美しい容貌の持ち主で、
取り巻きも多い。

アデルバード・
アラン・エルゼリア
この国の第一王子であり王太子。
攻略対象の一人。笑顔は爽やかだが、
その実、目的のためなら
手段を選ばない腹黒王子。

ルドラン子爵夫妻
娘を心から愛する
シンシアの両親。

エリー
乙女ゲームのヒロイン。
男爵令嬢。ゲームの世界に
転生できたことを喜んでいる。

イラスト／夏葉じゅん

1話 サクッと婚約解消

一人娘で嫡女の私、シンシア・ルドランには、〝可哀想な婚約者〟がいる。

我が家は子爵家。しかし領地経営が右肩上がりのおかげで、我が家よりも高位の爵位を持った家から婚約の打診が多く届いていた。その中には、継ぐ爵位がない公爵家の三男までいたくらいだ。

そして数多くの打診から選ばれたのは、伯爵家の次男。エディ・ドリス。

夕焼けを思わせる色の髪と瞳に、のんびりとした性格が気に入って、私の方から彼がいいと父へ伝えたところ、トントン拍子に婚約が決まった。

お互い仲良く関係を築いていたつもりだったが、いつしかエディは可哀想な人として扱われていく。

というのも、彼は成長する毎に顔が整っていき、今では少し微笑むだけで儚げな美少年を演出するまでになり貴族令嬢達からの人気が爆上がりしたことと、ドリス伯爵家が経営難で我が家から援助を受けていることが相まって、私がお金で無理やりエディを婚約者にしたと信じられているからだ。

ルドラン子爵家と親交のある者ならば、私達がそんなことをする家族ではないと解って貰えるだろうが、残念ながら私達の主な交流先は、平民の商人達。

貴族家とは、社交パーティーやお茶会で上辺の交流をすませるだけ。

それも、経営が上手くいっている我が家への嫉妬が先に立てば、上手くいくものもいかないものだ。

多くの貴族からの婚約の申し出を蹴ったのも、少なからず影響しているだろう。

せめてエディが美少年に成長しなければ……。

いや、それは本人のせいではないので、文句は言うまい。しかしだ。

可哀想な人として扱われる現状に対して、彼がしっかりと否定すれば、でたらめな噂も少しは落ち着いただろう。

「お可哀想に、エディ様……。お家の為に身を犠牲になさるなんて」

「これでは、お金で買われたも同然だわ。こんなのって酷すぎる……」

「心配してくれてありがとう。僕は大丈夫だよ。こんなに可愛い子達に、気にかけて貰えるなんて光栄だな」

違うでしょ！　そこは「ドリス伯爵家から打診した婚約であって、ルドラン子爵家に無理強いされた訳じゃないんだよ」って言うところでしょ！

学園の薔薇が咲き誇る庭園で、我が可哀想な婚約者様は、愛らしい貴族令嬢に囲まれている。

　のんびりとした性格が好ましかったエディは、その穏やかな性格を悪い方向へと伸ばしてしまった。

　自分へちやほやと群がる令嬢達を拒絶することもなく、全てにいい顔を見せて、聞こえのいい言葉を吐く。

　相手の言葉を否定もせず、曖昧な態度で肯定するかのような姿勢を見せる。

　簡単に言えば、優柔不断に育ったということだ。

　そんなエディでも、私は将来の夫として愛を捧げ、彼に群がる令嬢達へ噛みつく勢いで嫉妬を露わにしていたし、現状を見かねた両親から婚約解消を提案されたが、彼以外考えられないと突っぱねていた。

　……昨日までは。

「あんな男に惚れていたなんて、強制力ってやつだったのかしら」

　薔薇の庭園を後にしながら、ポツリと呟く。

　今朝起きた時、私はいきなり前世を思い出した。そして、この世界が、前世でプレイしていた恋愛アプリゲームの世界であることにも気がついた。

　ゲームの世界へ転生なんて、そんなことがありえるのだろうか。しかしこうして実現してしまっている以上、受け入れるしかない。

私の役どころは、悪役令嬢の一人。

エディ・ドリスの攻略ルートに登場して、ヒロインである主人公を邪魔しまくる敵キャラだったのだ。

ゲームでは正しく、エディをお金で買った婚約者として悪役令嬢の限りを尽くすシンシアだが、そんな設定は私に当てはまらない。

私はただ、相手からの打診であった婚約を受け、一途に婚約者を愛そうとしただけではないか。それを悪役令嬢だなんて言われても困る。

多少執着していたところはあったかもしれないが、不思議なことに前世を思い出すと、エディ・ドリスなんて少しも魅力的な男には思えなかった。

顔がいいだけが取り柄の優柔不断男を、どうして理不尽な想いをしてまで繋ぎ止めなければならないのか。

それよりも将来の夫として、領地経営の腕がある男を探した方がずっとルドラン子爵家の為になる。

そもそも、婚約者が悪く言われていても平気な顔をして、護ろうともしない男と夫婦になるなんて、仮面夫婦まっしぐらじゃないか。どう考えても、この婚約は我が家に損しかない。

「婚約の解消を進めて貰わないと……。違約金を払うことになりそうなのは、申し訳ないけど」

納得できないが、おそらく違約金を払うのはこちらの方だ。

エディは決定的なミスを犯した訳ではない。

婚約者として私をエスコートすることも、誕生日や祝いごとでカードやプレゼントを贈ることもこなしている。

婚約者としての交流も欠かしたことはないし、貴族令嬢にモテること自体は罪ではない。

噂を流しているのがエディでもなければ、彼が噂を肯定することを口にした訳でもない。

ただ、心配してくる令嬢へ、お礼の言葉を伝えているだけなのだ。

違約金の支払い責任について裁判を起こしたとしても、これではこちら側が負けてしまうだろう。

時間と労力と金銭を消費するだけというのが解りきっていては、両親も無駄な争いはせず、ただ違約金を払って早々と終わらせ、私の新しい婚約者探しに時間を割きたいと思うはずだ。

「せめて、もう少し早く前世を思い出していれば……。婚約を結ぶ前だったら、絶対にエディは選ばなかったのに」

自分が悪役令嬢扱いをされると解っていれば、エディの婚約の打診なんて真っ先に送り返していただろうに。非常に悔やまれる。

それとも、思い出せただけマシとでも思った方がいいのだろうか。

とにかく、一刻も早く悪役令嬢のポジションから離れて、将来の安定を見据えた相手を選ばなければならない。

未だ婚約相手が決まっていない令息達の顔を思い浮かべながら、学園の正門へと歩いていると、学園長と数名の大人、そして桃色の髪が特徴的な愛らしい少女が向こうを通り過ぎた。

来たのね、ヒロイン。

例の恋愛ゲームは、ヒロインの顔が描かれるタイプのものだった。

甘そうな桃色の髪と瞳に、庇護欲を掻き立てるような顔の美少女は、間違いなくヒロインだ。

ゲームの設定通り、下町で身寄りもなく暮らしていたが、たまたま助けた男爵に拾われて、学園に転入手続きに来たというところだろう。

ヒロインがどのルートを選ぶのかは知らないが、たとえどのルートを選んだとしても、私としてはありえないの一言に尽きる。攻略対象達には全て、ライバルとなる婚約者や恋人の悪役令嬢がいるのだ。

その令嬢が本当に悪役のような性格であったとしても、人の婚約者を横から奪うような真似をしていいはずがない。

貴族としてだけではなく、人としても道理に反している。

前世ではたかがゲームと思って、そんなことは気にしていなかったが、この世界が現実に生きる世界となると話が違ってくる。と、そこまで考えて気づいた。

私が明日にもエディとの婚約を解消してあげれば、ヒロインはなんの憂いもなく恋愛が楽しめるではないか。

彼女がエディルートを選ぶとは限らないが、少なくとも、ルートの一つは健全なものにしてあげられる。

ゲームの世界に転生してしまったようだと気づいた今朝は、絶望にも近い取り乱し方をしてしまったが、少しでも自分や周りの状況を良くする手段を講じられるなら、先を知っているこの世界というのも悪くはないような気がしてきた。

とはいえ、ヒロインはヒロインで勝手に人生を生きて欲しいので、私が特別に何か誘導することはないだろう。

ただ、自分の幸せの為に婚約を解消すると、結果的にヒロインが歩める道の一つを少し良くしてあげられるというだけの話。

彼女がエディを選ばず、他の攻略対象を選んだとしても、誰も選ばずに独身貴族を楽しむとしても、私には関係ない。

さらば、ヒロイン。私は私の幸せを目指します。

と、心の中で決別を言いわたしたヒロインだったが、翌日になって顔を突き合わせることになってしまった。

「シンシア様、エディ様の意思を尊重するべきです。援助しているからと言って、エディ様を奴隷のように扱うのはあまりに酷すぎますっ」

学園の廊下。ばったり出くわしたヒロインは、何かを祈るような手を組んだポーズで、大きな瞳をうるうるとさせながら言った。

なぜこっちに来るかな……。

そうは思いつつも、次期ルドラン子爵家当主としてのプライドがある。心の内を顔に出すような無様は犯さず、気品ある淑女の笑みを返した。

「お話が見えないのですが。奴隷とはなんのことでしょう」

「気づいてもいないのですね。エディ様は、伯爵家の為にシンシア様に逆らうことができないのです。本当はもっと、したいことも学びたいこともあるのに、シンシア様の我が儘を叶える為に、自分の時間を全て捧げなければいけないんです。シンシア様の側で従わなくてはならないから、友人との語らいを楽しむ時間もない。可哀想だとは思いませんか？」

「それ程の時間を、拘束した覚えはありませんが。本人に直接確認してみますね。ではこれで……」

「またそうやって、エディ様を脅して言うことを聞かせようとして！」

この場を後にする台詞を自然な感じに盛り込めたと思ったが、ヒロインに回り込まれてしまった。

恐るべしヒロイン。ゲームの悪役令嬢シンシアが、ヒロインを毛嫌いする理由がよく解る。

ヒロインが大げさな程の声で騒いでいるせいで、ギャラリーは増える一方だ。エディへ憧れを抱いている令嬢達なんか、私が責め立てられているのを嬉しそうに眺めている。

かつて婚約を断った家の令息達も数人、面白そうにニヤニヤと笑っていた。

新しい婚約者を選ぶ時に、彼等は絶対に候補へ入れないようにしよう。

「あの、何かお話があるようですが、私はこの後大事な用がございますの。ご用件は我が家宛に、お手紙にしていただいてよろしいかしら」

できるだけ穏やかな声で、笑みを向けてそう言うが、悪役令嬢シンシアの顔では意味がないのかもしれない。

燃えるような赤髪に赤い瞳、美しいがキツそうな顔つき。正に悪役令嬢としてデザインされたこの身体では、清廉潔白な人間を演じるのは無理がある。

この迫力のおかげで、数少ない次期女当主という立場を護りやすいのは、とてもいいことなのだが……。

「家の権力で私を黙らせるつもりですかっ！　でも私、負けません！　正しい行いは、必ず報われるものだもの！　絶対にエディ様を救ってみせます！」

この後の大事な用というのは、エディとの婚約解消の話し合いですの。と言えたら、どんなに楽なことか。

しかし次期子爵としては、まだ締結されていない契約を、さも決定事項のように語ることはできないのだ。

せめて婚約の解消が決まった後なら、このヒロインを追い返してやることもできたというのに。

タイミングが最悪すぎる。明日来て欲しかった。

「貴女が、エディ・ドリス伯爵令息を大切に想っていることは解ったわ。でも本当に、今は時間がないの。だからごめんなさいね……」

あえて他人行儀に婚約者を呼べば、聡い者達は多少のざわつきを見せた。が、私が強がっているという見解の方が多いだろう。以前の私は、明らかにエディへ愛を向けていたのだから。

前までの愚かな私を払拭する為にも、一秒でも早く婚約の解消を進めたいというのに。この考えなし女……。

「待ってくれ、シンシア。エリーの話をちゃんと聞いて欲しい」

考えなしが増えた。

ギャラリーの中から掻き分けるようにして登場したのは、夕焼け色の艶やかな長い髪が美しい、私の可哀想な婚約者エディ。

その美しい髪は、私が過保護に整えていたからこそ保たれているのだが、婚約を解消すれば二度と私の手が入ることはない。果たしてエディは、自分でその髪を維持できるのだろうか。

というか、エリーってヒロインの名前なのか。

あのゲームでは、自由に名前をつけられるから知らなかった。

エリーとエディで随分ゴロがいい。勝手によろしくやってくれ。私は他人となって関わらないから。

エディは綺麗な顔を切なそうに歪めて、まるで悲劇のヒーローかのように語り出した。

「エリーに言われて気づいたんだ。僕は今まで、ずっと耐えてきたんだってことに。エリーの言うように、僕にだってやりたいことや学びたいことがあった。友人と遊びに興じたい日もあったんだ。でも僕は、君の為に全てを我慢して、君の望むように生きてきた。どれだけ勿体ないことを、していたんだろうって気づいたんだ」

ヒロインに言われてから気づく自我って、なんなのだろうか。

さっきもヒロインに言ったが、そこまでエディを拘束した覚えはない。

そんなにエディにかまけていたら、私もやりたいことがやれない状況になってしまうじゃないか。

私がエディと会わず、領地経営を学び、視察に出かけ、必要な交流をこなしている間、エディは何をしていたのだろうか。

彼のことだから、ただぼーっとしていただけなのだろう。

かつての私は、彼の穏やかなところが気に入っていた。

しかし今になってみれば解るが、穏やかというよりは、彼はただ自分のやりたいことも解らない、意見のない人間であっただけなのだ。

それでも無害であるなら可愛らしいとも思えただろうが、残念ながら彼は害のある優柔不断男に成り下がってしまった。

現在進行形でそれは加速しているようだ。

「そうですか、ドリス伯爵令息。この後話し合いの時間はありますので、とりあえず移動しましょう。本日の我が家との話し合いの件は、伯爵様からお聞きになっているかと思いますし、続きはその場で……」

「もう止めてくれ！　うんざりだ！　なんの話し合いかは知らないが、また金の力で伯爵家を脅す為の話し合いなんだろう⁉　僕は行かない！　今日初めて、僕は君に逆らう！　これは一人の人間として、僕の正当な権利だ！」

嘘でしょ。内容聞いてないの？　話してない？　そんなはずあるか。話されたけど、ぼーっと聞き流していたんだろう。もしくは昨日早々にヒロインに攻略されて、私への拒否感から話を聞くことを拒んだとか？　本気で今日の話し合いに出席しないつもり？

「子爵家が伯爵家を呼びつけるなんて、身の程知らずもいいところだわ」

「やっぱり、お金の力でエディ様を虐げていたのね！　この悪女！」

エディの取り巻きの女子生徒達は、私が想像通りの悪女だったのを喜んで口々にそんなことを言う。

呼びつけてないし。今日の話し合いも、伯爵家で行われるし。

「本日の話し合いは、非常に重要なものとなりますが……。出席されずに、どちらへいらっしゃるのです？　何か大切なご用事でも？」

「僕は君に、プライベートを全て明かさなければならないのか？　僕には僕の予定があるんだ！」

めずらしくエディは激高する姿を見せた。これは本気で、話し合いに参加しないつもりのようだ。

ちょっと待てよ。

それなら、多少こちらに有利に婚約の解消を進められるかもしれない。

婚約解消の理由付けに、私が大げさに話しても、否定する本人は不在なのだから。

違約金……。かなり減額できるかも。

それどころか、今こうして大勢の前で私を悪し様に言っていることを持ち出せば、違約金はチャラでは？　これだけの証人もいる訳だし。

「我が家にそのつもりはありませんでしたが、金銭による脅しを受けていると感じておられたのですか？」

「実際そうだろう！　一時的に経営難に陥っているからと言って、援助金を盾にドリス伯爵家を脅して、僕を言いなりにさせた」

「婚約者として一般的な交流しか望んでいないつもりでしたが、ドリス伯爵令息にとっては、脅され、奴隷のように扱われていると感じていたのですね。そしてそれを今日この場で、止めたいと仰るのですね？」

「そうだ！　僕は奴隷扱いだった！　もう絶対に君の言うことなんて聞かない。今日で君の玩具になるのは止める。僕は自由になる権利があるんだ！」

凄いな。面白いぐらいに言質が取れる。

これが夫になっていたら、将来領地を任された時に、足を引っ張られまくっていたかもしれない。

思いとどまれて本当に良かった。今となっては、エディとは絶対に結婚したくない。

「シンシア様！　ご自分の間違いを認めてください！　エディ様を解放してあげて！　こ

れ以上エディ様を苦しめないで！」

　ヒロインは瞳にいっぱい涙を溜めながら、哀れな様子でその場に座りこんだ。

　おっ、これなら回り込んで私を止めるのは無理そうだ。いいぞ。

「いいえ。脅したつもりはありませんし、援助は婚約者の家への善意です。ですが、ドリス伯爵令息がそのように感じていたことは、本日のドリス伯爵家との話し合いで取り上げさせていただきます。十分に検討させていただきますわ。お二人のお気持ちを話してくださって感謝します。話し合いにご出席なさらないのは残念ですが、出欠を決めるのは本人ですから、どうぞご自由になさって。私は強制いたしませんわ」

　笑顔をエディへ向ければ、彼はパッと嬉しそうに顔色を変えた。そうして、座りこむヒロインへ駆け寄る。

「ありがとう、エリー！　君のおかげで、僕は解放されるよ！　これからは自由だ！」

「エディ様、良かった！　私、エディ様が心配で……っ」

　はいはい、お似合いお似合い。二人とも末永くお幸せに。二度とこっちに来ないで。

「話し合いに遅れてしまうので、私は失礼しますわ」

　二人の世界に浸っているおかげで、小さくそう声をかけた私の進行を邪魔されることはなかった。

急ぎ帰宅した私は、今日の出来事を両親へ伝える。

ありえないような出来事に何度も事実を聞き返されたが、証人が多くいることもあり、違約金の支払い責任を有耶無耶にできると喜ぶと同時に、愛娘とルドラン子爵家を馬鹿にした発言に怒りや呆れを見せるという百面相を披露されることとなった。

話し合いの結果だが、国の調停人を急遽呼びつけ婚約の解消をすることに成功した。

当初はこちらが違約金を払うつもりでいたのもあって、内々の話し合いだけで終わらせるつもりだったのだが、エディが最後にやらかしてくれたおかげで、とても有利にことを運べた。

違約金もなし、これまで行ってきた援助も一部取り消しとなり、全額ではないが返還される。

証人の確認が取れるまではと少しごねられたが、数日も経たないうちに言い訳できない程の証言が集まった。

結局、裁判に持ち込むのを諦めたのはドリス伯爵家側だ。

見事に立場が逆転した。

逆に違約金を請求できるくらいではあったが、金のない相手に請求したところで、支払ってもらうこともできずに、ただダラダラと関係が続いてしまうのならば、勉強代だと思ってスッパリ終わらせることを選択した。

これでルドラン子爵家とドリス伯爵家は赤の他人となれる。

うちに頼ればいいと思っていたドリス伯爵家は、これから相当な苦労を強いられるだろうが、元々自分達で解決しなければならなかった経営難なのだから、少し遅れて苦労するだけの話だ。

援助金の全額返還でないだけ、むしろ得をしているのだから、ドリス伯爵家は粛々と受け止めて欲しい。

さらば、エディ。さらば、ドリス伯爵家。さらば、夕焼け色の髪。

お互いに、二度と関わらない人生を送ろう。

2話 悪役令息シライヤ

さて、次に悩まなければならないのは、私の新しい婚約相手についてだ。

婚約の解消をしてしまった私は、所謂傷物令嬢となるが、それが大きなデメリットになるのはお嫁にいく場合。

嫡女である私は、継ぐ家のない令息達にとって、喉から手が出る程欲しい存在なのだ。

文官や騎士になるしかないと諦めていた令息達は、降って湧いた幸運の機会を逃すまいと、大慌てで私へのアプローチを開始した。

エディがやらかした日、いい気味だとでもいうように笑っていた者達まで、手の平を返したように私を褒め、エディの仕打ちをこき下ろす。

今更そうされたところで、絶対になびいてはあげないけれど。

「候補が多すぎて疲れる」

そんな言葉を漏らしてしまった私は、人気のない校舎裏に来ていた。

花壇はあれど、花はない。手頃なベンチすらないここは、草刈りの管理作業員か、職員が近道でもする時くらいしか人通りがないだろう。

令息達による連日のアピールに疲れ果て、ここに逃げ込んできたのだ。

次の婚約も失敗とならない為にも、令息達に向き合って選定しなければならないのは解るが、こうも候補が多いと流石に疲れる。

こうなると解っていれば、候補になりそうな令息達の性格や、生活態度を注意深く見ておいたのだが、何せいきなり決まった婚約解消だ。彼等の人となりを見極めるのに、多大な労力が必要となってしまった。

「候補達のキャラクター設定でも見られたらいいのに」

残念ながら、私が知っているキャラクター設定は、攻略対象達だけだ。

既に婚約者がいる彼等の設定を知ったところで意味はないし、ヒロインが狙う可能性がある男なんて関わりたくない。

座れる場所もない校舎裏を、ただ歩きながら考えに耽っていると、男子生徒の先客がいたのに遅れて気がついた。

もう少し遠くから気づいていれば、来た道を戻るのも不自然ではないだろうが、ここまで近づきすぎては、通り抜けた方がいいだろう。

男子生徒は、校舎裏にいくつかある裏口の階段に座り込んでいた。こんなところに一人でいるなんて、孤独が好きか、友人がいないかのどちらかだろうか。私も同類だが……。

彼の銀髪がキラキラと木漏れ日に反射して美しいが、全体的な印象はどこか見劣るような……。

前髪が長く、目元が見えづらいし、制服のサイズが合っていない。よく見れば服のシワも目立つし、薄汚れているように見える。

ついジロジロと見てしまって、彼に見覚えがあることに気がついた。

この男子生徒は……、いや、このキャラクターは！　王太子ルートに出てくる、公爵家三男の悪役令息！

王太子ルートはゲームのメインルートだけあって豪華なストーリーで、悪役令嬢の他に悪役令息まで出てくるのだ。

ヒロインに一方的な片想いをして、王太子との仲を邪魔し、ヒロインを無理やり自分の物にしようとするが、王太子に成敗されて牢獄行きとなるヤンデレキャラだ。

ヒロインが王太子の攻略を失敗すると、彼に連れ去られ冷たい海に共に沈められるという、無理心中のバッドエンドが待っている。

名前は確か。

「シライヤ・ブルック公爵令息」

しまった。声に出てしまった。連日の疲れのせいだ。不覚。

名を呼ばれた彼は、足下を見ていた顔をまっすぐ私へ向ける。

前髪がキラキラと揺れて、その下に隠れていた緑色の瞳が見えた。メインルートの悪役キャラだけあって、魅力のある顔立ちだ。前髪で隠すなんて勿体ない。

「……シンシア・ルドラン子爵令嬢。何か用か」

少し不機嫌そうな声が返ってくる。

下位令嬢にいきなりフルネームを呼ばれたのだから、不愉快にもなるか。こちらから名を呼んでしまった以上、なんとか上手く切り抜けなければ。

「突然名前をお呼びして失礼いたしました。下を向いて座り込んでおられたので、体調でも悪くされているのではと思い、お声をかけた次第でございます」

我ながらいい言い訳だ。とっさに思いついたにしては、上出来だろう。

「……そうか。心遣い感謝する。ルドラン子爵令嬢が心配することは何もない。行ってくれ」

一方的に想いを押しつける執着系ヤンデレキャラ……、のわりには、簡潔で無駄のない対応だ。

連日のように令息達にアピールされる身となってしまった今、このあっさり感に好感を持ってしまう。

そういえば、王太子ルートを思い返してみれば、先に彼へ絡みにいったのはヒロインだった。

思わせぶりにシライヤへ甘い言葉をかけて、信頼を寄せるような態度をみせて焚きつけて、いざ彼が心を向けると、そんなつもりではなかったと突き放す。

ゲームの進行の為とはいえヒロインも、なかなかにいい性格をしていたのだと、今なら解る。

そもそも、シライヤというキャラクターは設定が可哀想すぎるのだ。

公爵令息でありながら、彼を敬うような人間はここにはいない。それどころか、屋敷へ帰っても雑な扱いを受けている。彼は公爵がメイドに手を出して産ませた子だからだ。

産んだ母親もシライヤを置いて消えてしまった為に、彼へ親愛を向ける人間は一人もおらず、生まれてからずっと孤独だった。

家族愛に飢えている彼は、勉学に励み父親に認めて貰うことを目指していて、張り出される成績表では常にトップをキープしている。が、その努力もむなしく、公爵はシライヤを気にかけることはなく、兄達や継母から虐げられる生活は変わらない。

その事実に絶望を感じていた時に現れたのが、ヒロインという訳だ。

学園の勉強についていけないヒロインが、シライヤの助けを借りると成績が良くなるというお助けキャラでもある。

王太子妃を目指せる程の成績優秀者になれるのも、シライヤの力を借りてこそ。

毎日シライヤと図書室で勉強イベントをこなしていれば、孤独な彼がヒロインに依存するのも当然だろう。

人生で初めて現れた、孤独を埋めてくれる人間。

他の者達のように、望まれぬ子と馬鹿にすることもなく、一心に頼って笑顔を向けてくれる、可愛らしい女の子。

それは、病むくらい好きになってしまうのも仕方がない。

あれ……もしかして彼、ちょっといいのでは？

エディは下から数えた方が早いくらいの成績だったが、シライヤは常に成績トップ。

エディは努力を知らない人間だったが、シライヤは己を高める努力を怠らない。

エディは優柔不断で、可愛い女の子には全ていい顔をするようなヤツだが、シライヤは一人の相手に病む程の執着を見せる。つまり一途である。

シライヤに婚約者はいないし、継ぐ爵位もない。

ヤンデレキャラになってしまうのは、ヒロインの行動に大半の原因があった。利用するだけ利用しておいて、突然ポイ捨てという扱いだったのだから。

彼の心のケアを行いながら最後まで大切に扱えば、彼は妻を一途に愛し共に高め合いながら支えてくれる、理想的な夫になってくれるだろう。

何より、ヒロインとのハッピーエンドルートがないキャラというのが最高だ。

しかし推測ばかり並べ立てても、エディの時のように相手を見誤ってしまうかもしれない。とりあえずもう少し何か話をして、彼の人間性を確かめなければ。

「これも何かの縁ですし、少しだけお時間をいただいてもよろしいでしょうか。常にトップの成績を維持していらっしゃるブルック公爵令息と、一度お話しできたらと思っていたのです」

「……え？　……俺と、……話？」

シライヤは急に狼狽えた顔を見せる。

そんなことを言われるとは、思ってもいなかったのだろう。先程の不機嫌な顔とはまったく様子が違って、なんだか愛らしい。

「ご迷惑でしたら、すぐに去りますわ」

「……あっ、いや、迷惑ではない」

彼は慌てたように立ち上がった。

人との会話に飢えていたのだろうか？　私が去ってしまうことを怯えるように、弱々しい視線を向けられながら言われた。

そんな彼の哀れな姿に、胸がギュウと締め付けられる。これは庇護欲なのだろうか……。

「では是非、お話を。ここにはベンチもありませんし、お隣に腰掛けても？」

「あぁ……、いや、待ってくれ」

そう言って、シライヤはすぐに上着を脱いだ。パタパタと軽くホコリをはたくようにして、躊躇なく裏口の階段に敷いてくれる。

なんて紳士的なのだろうか。これがエディだったら、何もせずにただ笑って「いいよ」と言うだけだったろう。いやいや、彼とはもう比べまい。エディとは関わらないと決めたのだから。

「ご親切にありがとうございます。お心遣いを頂戴して、失礼いたしますね」

ここは遠慮せずに、素直に親切を受けるべきだろう。

制服の上に腰掛けながら、この制服を洗って返すことを考えるが、シライヤは替えの制服を買い与えられているのだろうか？　これ一枚しかないのであれば、持ち帰ると困らせてしまうかもしれない。

仮にも相手は公爵令息だというのに、こんな心配をしなくてはならないなんて、やはり彼の生い立ちには同情を禁じ得ない。

「……お座りにならないのですか？」

階段の斜め前に立つようにして、隣に座り直そうとはしないシライヤへ声をかけると、彼は困ったように視線をさまよわせた。

「未婚の男女が、近づきすぎるのは良くないだろう。特に、俺と……なんて。それに、貴女は新しい婚約者を探していると聞いている。人に誤解されるようなことはしない方がいい」

紳士的な上に誠実だ。そして顔が良くて、成績優秀。

「私のことをご存じだったのですね。誇れない近状しかございませんので、お恥ずかしいのですが、成績トップを維持していらっしゃる優秀なブルック公爵令息のご記憶に留めていただけて、光栄でございます」

「そんな、俺にそこまで畏まる必要は……。いやしかし、そう言って貰えて、こちらこそ光栄に思う」

ゲームをプレイしていたから、彼が今何を思っているか解ってしまう。自分の努力を、初めて人に好意的に認めて貰えて、震える程に感激しているのだ。

たったこれだけの会話が、ずっと孤独だった彼にとっては、涙ぐむ程に重大なこと。なんとか悟られないようにと視線を落として誤魔化しているが、緑色の瞳が少し潤んでいるのが解る。

「並大抵の努力では成し得ません。素直に尊敬いたします。私も勉学には励んでいるつもりですが、上位に上がるのは難しそうですもの」

「貴女は、領地経営も共に学んでいるだろう。将来を見据えた、堅実な振る舞いも聞き及んでいる。勉学と次期当主としての活躍を両立させ、十分に優秀で素晴らしい人物だと思う」

驚いた。

女が当主など生意気だと言われることの方が多い中で、こんなにも自然に私の努力を尊重してくれる男性は、平民はともかく、貴族ではとても少ない。こちらの方が、感激してしまう。

「あ、ありがとうございます」

なんだか照れてしまって、返す言葉が震えてしまったかもしれない。

彼の頰もうっすらと赤いが、私も顔が熱い。二人して顔を赤くしてしまっているのだろうか。

「えっと、ブルック公爵令息の銀髪は、本当にお綺麗ですね。木漏れ日が反射して、先程はつい目を奪われてしまった程です」

むず痒いような空気を払いたくて、とっさに話題を変えてみたのだが、途端に彼は眉を寄せて私を見返した

「……この髪。貴女は不快に感じていたのでは」

「え？　どういうことでしょうか？　不快に思ったことなどありませんが」

「……俺が貴女の婚約者候補から外された時、老人のような白髪が不気味だから……と……」

「ええ!?　婚約者候補から外れるとは!?　婚約の打診書には全て目を通しておりますが、ブルック公爵令息からの打診はなかったように思うのですが……っ」

両親が意図的に隠していたのだろうか？

そんなことをする人達には思えないのだが、これはどういうことだろうか。

「あぁ、いや、最近の話ではなく、貴女が十歳の時の話だ。俺は候補にも挙がらず、その後エディ・ドリス伯爵令息が、貴女の婚約者に決まった」

「あっ、なる程、最初の婚約の時の話でしたか」

あの時は、エディの穏やかな性格に心を奪われ、他の令息を十分に検討しなかったところがあった。

まだ幼かったし、仕方ないだろう。だが、それにしても。

「いえ、しかし、シライヤ・ブルック公爵令息の髪を、不快に思ったことは一度もありません。そのように申し上げたこともないと、誓って言えます」

「そうか……。兄達に聞いたのだが、きっと冗談を言われたのだろう。おかしなことを言ってすまない」

くっ……、彼が屋敷でどんな扱いを受けているのか、今ので察してしまい胸が痛い。

銀髪は母親譲りのもので、公爵家では毛色が違うことを揶揄されているという設定が、確かにあったなと思い出した。

「綺麗ですよ、とても。私はむしろブルック公爵令息の銀髪を好ましく感じます。それに、白髪も好きです。父や母の髪にも少し白髪が交じるようになってきましたが、差し色のように入る白髪はお洒落に感じますし。もし本当に貴方の銀髪に白髪が交じるようになっても、それはきっととても魅力的なおじさまになられる予感がいたしますわ」

嘘の一つもなく正直に伝えると、シライヤはキュッと口を引き結んで眩しそうに目を細め、私を見つめた。

先程よりもずっと頬を赤らめて、呼吸を整えるようにしてからやっと絞り出したように言葉を紡ぐ。

「ありがとう……」

彼はとても……可愛い。

それから、私達は明日も会おうと約束をして、それを何度も繰り返した。

話が合うのだ。勉強の話はもちろん、領地経営の話を振っても、難なくついてくる。聞けば、公爵家の書類仕事を手伝っているという。

ますます、惹かれてしまう。彼が夫としてルドラン子爵家へきてくれたら、きっと一緒になって子爵領を護ってくれるだろう。

父と母のように、支え合える夫婦になれるはずだ。

いつも上着を貸して貰う訳にはいかないので、敷く為の布を持参するようになったが、

「貴女にしてあげられることがなくなってしまって、少し寂しい気がする」と眉を下げて笑うものだから、その可愛らしさに悶絶した。

ある時は、シライヤのクラスの授業が遅れ、駆け足で校舎裏に現れた彼の健気さに胸を締め付けられ、またある時は、雨が降りしきる校舎裏で傘を差して佇む彼へ声をかけると、「今日は来てくれないかと思った……」と安堵した笑みを向けられ、あまりのいじらしさに変な声が口から漏れた。

会う度に魅力を増すシライヤに、私はすぐに夢中になった。

もっと会いたい。明日も会いたい。

できればずっと、こうして話をしていたい。

「ブルック公爵令息、毎日お誘いしてしまって、迷惑ではありませんか？」

「まさか！　迷惑なんて絶対にありえない！　……貴女の方は、俺なんかと毎日話して、つまらなくないのか？」

急に自信をなくしたように俯くシライヤを放っておけなくて、階段から立ち上がり距離を詰めて緑の瞳を覗き込む。

「それこそ、ありえません！　足りないくらいです！」

驚いた顔を向けるシライヤの手を取りたい。しかし、婚約関係でもない以上、それはきっと許されない。

「貴方と話せることが、とても楽しいのです。今日はなんの話をしよう、明日は何を話せるだろう。朝起きる度に、今日も貴方と話せると考えて、心が温かくなるのです」

募るような想いのまま歩を進め、一歩一歩とシライヤに近づけば、彼はそれに合わせて後退した。

「令嬢……、距離が、少し……」

「これからも会ってくださると、約束していただけますか？」

もう一歩詰め寄ると、シライヤの背が学園の塀にトンとつく。

「……っ、……っ」

言葉を詰まらせるシライヤの顔は、みるみる赤く染まっていく。前髪で表情が見えづらいのが、惜しくてたまらない。

触れる寸前まで近づけば、シライヤは限界だと言うように瞼をキツく閉じて声を上げた。

「わ、解った。約束する」

「良かった」

ホッとして身を引くと、シライヤは胸を押さえて息を吐き出した。初心な人。とても可愛い。

「嬉しいです。今から明日が楽しみになってしまいそう」

「いや、明日は……。休みだが」

「えづ」

✦

確か、休日というのは、もっと楽しい日ではなかっただろうか。

「はぁ〜〜〜〜」

長い長いため息をつき、ベッドの上に突っ伏した。

シライヤは、今頃何をしているだろう。こんなに会いたいと思うのは、私だけなのだろうか。

毎日校舎裏で会う約束をしてくれたからといって、シライヤが私に好感を持っているとは限らない。

彼の場合、普段から家庭内で虐げられ、まともに会話をしてくれる相手が少なく、人との会話に飢えていたからという理由で、私と話している可能性だってあるのだ。

「そうだ！　シライヤは、家で虐げられているんだった！　ということは今この時も、辛い思いをしているのかもしれない……っ」

ガバッとベッドから飛び起きて、部屋の扉へ駆け出すが、扉を開ける前にへなへなと座り込む。

「婚約者でもない私が、公爵家へ乗り込める訳なかった……」

シライヤのことが心配だ。今この瞬間(しゅんかん)、彼が悲しい思いをしていないか、自信をなくしていないか、綺麗で大人びた顔をしているのに、笑うとなんだか可愛いあの顔が、俯いて涙を零(こぼ)していないか。

考えれば考える程、焦燥(しょうそう)に駆られてしまう。

「笑顔でいて欲しい」

私が、笑顔にさせてあげたい。そうしてあげられたらいいのに。

「幸せにしてあげたい」

この気持ちは……。

扉をノックする音で、反射的に立ち上がる。次期子爵として、床に座り込んでいる姿など、誰(だれ)にも見せたくはないのだ。

「何かしら？」

「お休みのところ、失礼いたします。旦那(だんな)様と奥様がお呼びです」

扉越しに伝えられ、立ち上がる必要はなかったと思いながら「すぐに行くわ」と返事をした。

＊

「お父様、お母様。お呼びですか？」

「おお、来たか。紅茶を用意してあるから、飲みなさい」

「蜂蜜もたっぷり使ってね」

　私と同じく、赤い髪と赤い瞳を持つ両親。我がルドランの一族には、赤い色を持つ人間が多く生まれる。両親は親戚同士での結婚だった。大好きな両親の真っ赤な遺伝子を受け継いで、私も赤き一族となれたことがとても誇らしい。

　先日はエディの件で心労をかけたはずだが、嫌な顔一つしないで私を温かく包んでくれる、優しくて愛情深い自慢の両親だ。

　シライヤにも、こんなに優しい両親がいたら、きっと自信に満ち溢れた幸福な人生を歩めていただろうに。

「ありがとうございます」

　言いながら二人の目の前に位置するソファへ腰かける。

　低めのテーブルには、香りのいい紅茶と小さなお菓子が並び、見慣れた瓶に入った蜂蜜も用意されている。

ルドラン子爵領で大きな収益を上げているものは、炭酸ガス温泉と養蜂業だ。領地名産の蜂蜜をたっぷりと入れて、美味しい紅茶を口に含むと、二人がキラキラと目を輝かせて私を見ているのが解った。

なんだろう。今日の紅茶は特別な物だったのだろうか。

「こほん。何か話すことがあるんじゃないか？」

と父。

「最近のシンシアは、学園に行くのがとても楽しそうね」

と母。

そうか、バレている訳だ。愛する両親は、愛する私をよく見ている。

カップを静かに置いて、熱くなる頬を少し恥ずかしく思いながら、とりとめもない想いをどう表現したらいいのだろうと、悩みながら言葉を紡いだ。

「気になっている人がいます。学園の生徒で、最近毎日話をしていて。彼と会うと、楽しいような、悲しいような、時が止まって欲しいような、もっと沢山の時間を一緒に過ごしたいような。そんな毎日です」

羞恥で視線を落としながら言ったが、両親の反応がなくて、そろそろと視線を戻す。

視界に映った二人は、お互いに手を繋いで、目を細め静かに笑い私を見つめていた。

両親のことだから、そんな恋バナをしたらはしゃぐのではないかと思っていた。

想像よりもずっと静かな反応に、どういう意図があるのか尋ねようとした時、慈愛の声を交互に向けられる。

「あぁ、良かった。心配していたよ、シンシア」

「ええ、本当に。心配でしたよ、シンシア」

「気丈に振る舞ってはいたが、傷ついただろう」

「また愛せる人が見つかって良かった」

「愛しい娘の心が、壊れていなくて良かった」

震える息を胸一杯に吸い込んだ。

次期子爵として、私は強くあらねばならない。婚約者に大切にして貰えなかった程度のことで、へこたれてはならない。だから弱音は吐けなかった。誰かに慰めて貰う機会も失って、私は前へ進まなければならなかった。

だけど両親は、見ていてくれたのだ。心配していてくれたのだ。

「ありがとうございます……」

きっと弱音を吐いても良かったのだ。少なくとも、両親の前では。二人は、必ず私を受け入れてくれるのだから。

簡単なことなのに、なぜかいつも私には難しい。

大好きな家族。ここに、彼もいてくれたら。

「確かに、一時は愛のない結婚を覚悟しました。領地経営の腕がある男性ならば、愛がなくとも、家の為にはなると考えて。けれど今は、お父様とお母様のように、支え合える人と結婚したいと思えるようになりました。私は、愛のある結婚をしたい」

一度深呼吸をして、改めて口を開く。

「彼の名は、シライヤ・ブルック。ブルック公爵家の三男様です」

受け入れてくれる両親だとしても、この名を伝えるには、少し勇気がいる。貴族社会では、庶子として冷遇される彼を、両親がどう受け止めるか解らない。

「ふむ。一度目の婚約の時、彼の打診書があったのを思い出したよ。学園入学前は、公爵夫人が話すように放蕩息子で、乱暴者、そして怠け者だと聞き及んでいたが、学園入学後は、勤勉な生活態度にトップの成績をキープする学力を示したことで、夫人の言葉はでたらめだったのだろうと言う者が多くなっている」

顎を触りながら言う父を見る限り、シライヤへの印象が悪いということはなさそうだ。

「なんたってトップを取るというのは、簡単なことではないわ。それに加えて、シンシアをときめかせる男の子なのだもの。きっと素敵な子なのね」

母も穏やかに微笑んで言ってくれた。良かった、二人はシライヤのことをきっと受け入れてくれる。

「想いを伝えた訳ではありません。ブルック公爵令息が、私をどう思っているかはまだ解らないのです」

「そうか。だが、彼が了承(りょうしょう)するなら、一度屋敷へ招待しなさい。私達も彼をこの目で見て確かめたいからね」

「上手くいくといいわね、シンシア」

「はい、お父様、お母様」

上手くいくといい。シライヤに愛情深い家族を作ってあげたい。

そして、彼が隣にいてくれたら、私はもっと強くなれる。

3話　深まる仲

長い休日だった。やっとシライヤに会える。

屋敷に来て欲しいと、どうやって切り出そう。シライヤの気持ちが解らないと、誘っていいのかも解らない。何より、突然誘って気味悪がられたらどうしようと思うと、怖くてたまらない。

いやそれより、今はとにかく早く会いたい。

胸の高鳴りを抑えながら早足で向かった校舎裏では、シライヤではない男子生徒が一人待ち構えていた。

「あー。本当に来た。校舎裏に通ってるって噂、ほら話じゃなかったんだな」

確か名は、ピエール・ロワイ伯爵令息。ロワイ伯爵家の三男だ。私の婚約者候補を狙う男子生徒の一人で、最近になってから、言葉をかけられるようになった。

「ロワイ伯爵令息、ごきげんよう。私、友人と約束がございますの。お話でしたら、また今度……」

「噂によると、あのシライヤ・ブルックだろ？　やめとけよ、あんな生まれの解らないようなヤツ。シンシア嬢の評判が下がるじゃないか」

勝手に令嬢の名を呼ぶ男性と距離を近くする方が、私の評判が下がると思う。

シライヤのことがなくても、彼はありえないのだ。成績が下の下で、エディと順位を争うレベル。

これでは、領地経営の腕は期待できない。

私の中で早々に候補から落ちたのだが、相手は伯爵令息。できれば穏便に身を引いていただきたいのだが……。

とはいえ今の彼を見る限り、そんな願いは期待できないようだった。

「ブルック公爵令息は、とても誠実で理知的な素晴らしい方ですよ。今日もお話しできるのが楽しみで仕方ありません。ですので、私はこれで」

こんなことで時間を取られ、シライヤと過ごす時間が減っては大変だ。少々強引に通り抜けようとしたが、ピエールの方も強引に私の前へ出た為、足を止めるしかなかった。

「まさか、シライヤ・ブルックを婚約者にするつもりかよ？　公爵家で冷遇されてる男なんか引き取ったって、家の為にはならないだろ？　その点俺なら、ロワイ伯爵家と濃密な繋がりを持つことができる。両親は俺を可愛がってくれているし、跡を継ぐ兄さんとの仲も良好だからな」

「道を空けていただけるかしら。ロワイ伯爵令息」

「つれないこと言うなよ。いくら金を持ってたって、社交界に出る機会が少ないルドラン子爵家じゃ、何かと貴族社会で生きづらいだろ？　婚約者として少し援助してくれたら、ロワイ伯爵家がルドラン子爵家を護ってやってもいいんだ」

ふいにピエールの手が伸びる。私の肩を抱こうとしているのだと気づいて、とっさに身を引いた。

「止めてください、ロワイ伯爵令息。女性の身体に許可なく触れるのは、無礼ですよ。そ

れと、私を呼ぶ時は、家名でお願いいたします」

「なんだ？　お高くとまって。女が当主になるからって、勘違いしてるんじゃないか？

所詮子爵令嬢のお前は、伯爵令息である俺の言うことを聞いていればいいんだよ」

今度は明確な意思を持って、私へと手が伸ばされる。

こんな男に触れられるなんてごめんだが、逃げ切れないかもしれない。

大声をあげるか、貴族令嬢らしくはないが走って逃げ去るか。

考えていると、私とピエールの間に大きな背が割って入った。

この大きな背中は……。

「ルドラン子爵令嬢が嫌がっているのが、解らないのか」

私にかけてくれる声とは違った、地を這う低い声。

あんなに可愛らしいと思っていたシライヤが、こうして私を護ろうとしてくれる時は、

なんて逞しいのだろうと、また胸が高鳴った。

「う、わ。こ、こいつ。こんな、背、高かったか？」

そう、シライヤは背が高いのだ。いつも遠巻きにされて、彼がよく俯いているから解りづらいかもしれないが、ちゃんと背筋を伸ばせば、クラスメイト達よりもグンと抜きん出ている。

綺麗な顔を隠す前髪を整えて、身体に合った服を着せ、姿勢を正すことができたら、シライヤは誰にも負けない程の美しく精悍な貴公子となるだろう。

「大丈夫か？　ルドラン子爵令嬢」

「ありがとうございます。ブルック公爵令息に助けていただいたので、大丈夫です」

微笑んで返せば、シライヤも安堵したように笑みを返してくれる。この素敵な人が、私の婚約者になってくれたら、どんなに嬉しいだろう。

「ふん……。舞台か小説のヒーロー気取りか？」

今のシライヤは正しくヒーローだ。そして、悪役令息はピエールだろう。

理不尽にもそれが気に入らないのか、ピエールは苛立った態度を隠すこともない。

「お前なんかが貴族クラスに通うなんて図々しいんじゃないのか？　今からでも平民クラスに編入しろよ。まぁ、平民にも親に冷遇されている子なんていないだろうけどな」

「……」

私を護ろうとしてくれた時とは違い、シライヤは力なく俯いた。

長い前髪の隙間から覗く緑の瞳は、諦めることに慣れてしまっていることを物語っている。

「勢いが良かったのは、初めだけか？　情けない男め」

言い返されないと悟ったピエールは、傲慢な調子で続けた。

「物語の主人公になれるとでも思ったのか？　お前なんて脇役にしかなれないつまらない人間なんだ。それらしく隅の方で、黙っていろ」

これ以上は我慢がならない。生家の爵位は相手の方が上だろうと、私を護ろうとしてくれた人を、焦がれる彼を、悪く言われて黙ってはいられない。

シライヤの前へ出るようにして、悪役令嬢としてデザインされたこの顔を十分に生かした睨みを利かせた。

「ブルック公爵令息を隅に置くだなんてとんでもない。才能と力量と知識を兼ね備えた彼こそが、表舞台の主役となるに値する人物です。逆にお尋ねしますが、ロワイ伯爵令息は、ブルック公爵令息に勝っているところが、何か一つでもおありなのかしら」

「な……っ」

私に睨み付けられて少し尻込んだピエールだったが、立て直すように胸を叩く。

「俺の方がいいに決まってるだろ！　こいつは……」

「考えるまでもなく、勉学はブルック公爵令息の方が優秀ですね。体格を見ても差は歴然ですから、腕力もブルック公爵令息が勝っているでしょう。内面を見ても、彼の方が誠実で紳士的。生家の爵位も彼の方が高位であるうえに、前髪の下に隠されたお顔は愛らし……、均整の取れた理知的なマスクでいらっしゃいますのよ」

「だ、だからっ！　こいつは家族に愛されない子なんだ！　家族に愛されている俺とは違う！」

「ブルック公爵令息の唯一の弱点が、家族愛を持たぬことであるならば」

言葉を一度区切って、シライヤへまっすぐ身体を向けた。俯いていた顔はいつの間にか前を向いていて、私を揺れる瞳で見つめている。

「愛は、私が差し上げます。渇いているなら、潤します。足りぬならば、溢れさせましょう。これで貴方は完璧です。シライヤ・ブルック公爵令息‼」

息を飲み込む音が静かに響く。

濁っていた瞳が澄んでいき、光が灯ったように見えた。

「はっ！　エディに続いて、今度はこいつを選ぶってのかよ！　傷物令嬢が男の趣味も悪いんじゃ救いようがないな！　クズ同士お似合いだよ！　爵位を持つ予定じゃなきゃ、俺だってこんな可愛くもないキツい女なんか選ばな……」

「どうして、貴様ごときが、彼女を悪く言う」

ゆらりと大きな身体が動き、ピエールに詰め寄った。太陽の位置によって、ピエールはシライヤの影にスッポリと覆われる。

「ひっ……」

漏れ出てしまったようにピエールの悲鳴が小さく聞こえた。

銀色の髪から覗く瞳孔が開いた緑色の瞳は、影になっているというのに、奇妙に輝いてピエールを逃さない。

流石、メインルートの悪役令息ヤンデレキャラ。サブルートの悪役令嬢なんて霞む程の迫力だ。

「彼女の良さが解らないなら、貴様こそ黙っていろ。これ以上彼女を侮辱するなら、何をしてでも貴様を後悔させる」

「な、何、お前に、何ができるって……っ」

「愛されて育ったお前は、さぞ捨てられない物が多いんだろうな。なんでも捨てられる俺とは違うのだろう」

「どういう……」

シライヤから逃げたいのか、ピエールは少しずつ後退するが、壁が迫り後がない。少し羨ましい。場所を代わって欲しい。

「暗い海に引きずり込んで、共に沈んでやるくらい簡単だと言っているんだ」

「ひいいいっ……！」

全身を震え上がらせて、ピエールは躓きながら走り去った。

メインルートの悪役キャラに対抗できるとすれば、同じくメインルートの攻略対象である王太子殿下くらいのものだろう。

「ルドラン子爵令嬢。あんな男の言うことなど、気にすることはない」

声色を優しいものに変えて、シライヤは心配そうに私へ声をかける。

「大丈夫ですよ。気にしてなんていません。それよりも、私を庇ってくださってありがとうございます。ブルック公爵令息の気持ちが、とても嬉しいです」

素直に気持ちを伝えれば、シライヤは小さく息をついて震える睫毛の下から私を一心に見つめてくれる。

真剣な眼差しに、少なからず想いが通じているのではと、考えてしまう。

そうであって欲しい。

「けれど……。捨てないでください」

「え……？」

「捨てないで、そばにいてください。生きていて欲しいのです」

「……貴女が望んでくれるなら」

シライヤの頬が赤く染まり、恥ずかしそうに視線が揺らいで落ちる。

「しかし、俺との仲を勘違いしていたようだが本当に良かったのか？　ロワイ伯爵令息が、どんな風に言い触らすか。婚約者を探している大事な時期だというのに、俺のことが足枷になっては申し訳ない」

「あっ、いえ、あの」

勘違い……。シライヤはそう取ってしまうのか。だけど勘違いではないと言って、引かれてしまったら立ち直れそうにない。

「な、仲のいい友人なのですから、どうかそのように思わないでください。これからも、変わらずに接してくださいね」

「そう言ってくれるなら、俺の方からも是非頼む。ルドラン子爵令嬢と話せるこの時間を、かけがえのないものに感じているんだ」

安堵したように言うシライヤの視線が私へ戻り、彼は素直に喜んでいるように見えた。

「私もです。休日の間、ブルック公爵令息に会えないのが寂しくて、学園が始まるのを心待ちにしていました」

「それは……、俺もだ。休日が過ぎるのが遅くて、早く貴女に会いたいと、そればかり考えて過ごした」

「ブルック公爵令息……」

シライヤの赤い頬を見ながら、私の頬も熱くなる。また私達は、二人で顔を赤くしているのだろう。むず痒いけれど、嫌ではないこの感覚。

「嬉しいです。では、次の休日、我が家へいらっしゃいませんか？　両親に、親しい友人として紹介したいのです」

「ご両親に？　いや、それは。俺の評判を、ご両親も聞いていることだろう。俺のような者を友人と紹介すれば、貴女がお叱りを受ける」

「そんなことはありません！　既に両親には、ブルック公爵令息と親しくさせていただいていると伝えてあります。その上で、貴方に会いたいと言ってくれました」

「ルドラン子爵夫妻が、そう言ってくれたのか？」

ハッと驚いて言うシライヤは、嬉しそうに小さく笑みを見せたが、すぐに険しい顔を作って考えるように顎へ手を置いた。

「……間に合うか？　今日から徹夜をすれば……、週末には」

口の中でボソボソと言った声は聞き取りづらく、「ブルック公爵令息？」と名を呼ぶと、彼は「いや、なんでもない」と返して続けた。

「必ず行く。友人の家に招待されるなんて、初めてだ。楽しみだよ」

「良かった。週末は、楽しみましょうね」

　私も本当に楽しみだ。

　大好きな人達が集まるその日が、待ち遠しくて仕方ない。

そうして校舎裏の待ち合わせを繰り返し、週末の楽しみがある私達は、先週よりもずっと話が弾んだ。

愛馬を紹介したいだとか、お気に入りの本を貸し借りしようだとか、旅先で買った奇妙な置物を見て欲しいだとか。

きっと一日では遊びきれないから、また約束しようと次の予定まで楽しみにして。

いよいよ明日は、シライヤを我が家へ招待するという日。

「まぁ、本当に、身の程知らずと冴えない男が仲良くしていらしてよ」

「身の程知らずじゃなくなった、ということではありません？　お似合いだわ」

シライヤとの貴重な時間を邪魔する声が再び。

確認などしなくても解るが、一応声の主へ視線を向ければ、エディの取り巻きのご令嬢方だった。

どうして皆、私達に構いたがるのか。放っておいて欲しいが、頼んでもそうはしてくれないのだろう。

「それにしたって、エディ様に捨てられて後がないからって、わざわざこんな冴えない男を選ばなくても……ねぇ？」

「本当ですわねぇ。身の程知らずの次は、恥知らずにでもなったのかしら」

エディを捨てたのは、こちらの方なんて面倒な説明は止めて、顔を背けた。彼女達に構っている暇なんてないのだ。

大事なシライヤとの時間を、一秒だって無駄にしたくないのだから。

しかし、シライヤの方は私を庇おうとしているのか、令嬢達を睨み付けて口を開いた。

「ブルック公爵令息」

シライヤの口から言葉が出る前に声をかければ、彼はピタリと動作を止めて、私を振り返る。

私だって、シライヤを悪く言う彼女達を言い負かしてやりたい。けれど、ピエールの時と違って相手が令嬢では、少し分が悪いのだ。

私だけなら良かったが、シライヤが彼女達と揉め事を起こせば、彼が令嬢へ暴力を振るったなどと不名誉な嘘が広まりかねない。

「無礼な者達の相手をする必要はありません。構わず、今の時間を楽しみましょう」

「……貴女がそれでいいなら」

すぐに怒りを抑えてくれた彼は、頷いて了承してくれた。

「ちょっと！　私達を無視するつもりなの！」

「なんて生意気なのかしら！」

無視をしたいのだが、少々騒がしすぎるかもしれない。そろそろ校舎裏以外のところでシライヤと会話を楽しもうか。

「ブルック公爵令息。よろしければ、図書室にでも行きませんか？　授業の予習をご一緒にできればと」

「もちろんだ」

図書室ならば、令嬢達も騒がしくできないだろう。

柔らかいクッションの椅子もあることだし、シライヤと落ち着いて過ごせるかもしれない。

考えながら立ち上がった時、「危ない！」と、シライヤの慌てた声が響いた。

私と令嬢達の間に入るように駆け込んだシライヤ。次の瞬間大きな水音がして、わずかな水滴が私の顔へかかる。

「ブルック公爵令息！」

シライヤが、私へ降り掛かるはずだった大量の水を、自らの大きな身体で防いでくれたのだ。

向こう側に見える令嬢達は、近くの花壇にあった水道で、バケツを持ちながらにやついている。あそこから水をかけたのだろう。

「なんて酷いことを！」

令嬢達を批難しながら、小さなハンカチを取り出した。こんな物では足りないだろうが、せめて顔だけでも。

「私を庇う為に、申し訳ありませんっ！」

「いえ、貴女が無事で良かった」

いきなり冷水をかけられては、きっと凍える思いをしただろうに。そう言う彼の言葉はどこまでも優しげで、ハンカチで彼の顔に触れる度に、頬に赤みが差していくように見えた。

「まあ！　冴えない男を洗って差し上げてしまったわ！」

「それでも、エディ様のように華やかにはなれませんわよねぇ」

悪びれることもなく醜悪に笑う令嬢達へ、流石に一言だけでも言ってやらねばと思った時、シライヤは顔に張り付いた前髪を掻き上げて、美しい顔を全て晒したまま令嬢達を鋭く睨み付けた。

「淑女とは思えぬ所行だ。こんなことをして、自分を恥ずかしく思わないのか？」

バケツが地面に落ちる音がして、令嬢達を見れば、彼女達はポカンとシライヤを見つめて立ち尽くしている。

そうか、と気がついた。

エディの容姿に夢中になっていた彼女達のことだ。メインルートである王太子と張り合う程の美しさを持つ、シライヤの顔を正面からハッキリと見れば、彼女達が何を思うかなんて手に取るように解る。

「うそ……。こんなに、美しい殿方だなんて……、聞いておりませんわ」

「なんてこと。エディ様よりずっと……。シ……シライヤ様ぁ」

「名を呼ぶな。不快だ」

顔を真っ赤に染め上げてうっとりとし始めた令嬢達。

片方がシライヤの名を呼ぶと、清々しいまでにシライヤはそれを切り捨てた。

エディのように彼女達にとって甘美な言葉をかけることはないが、それでも令嬢達は興奮したように息を荒くして「冷たいところも素敵……」と呟いている。

「ルドラン子爵令嬢へ危害を加えるようなことがあれば、女性だろうと容赦はしない。覚えておけ」

ピエールへ向けたように、令嬢達へ恐怖を植え付けるように睨み付けるシライヤだが、肝心の令嬢達は互いに手を取り、脅えながらもシライヤの美しさにのぼせ上がっていた。

「ブルック公爵令息。すぐに保健室へ向かいましょう。このままでは、お風邪を召されてしまいます」

保健室なら、簡単な着替えが用意されていたはずだ。濡れた制服は、急ぎルドラン子爵家へ使いを出して洗わせよう。明日が休日で本当に良かった。

「ルドラン子爵令嬢……」

「どうかしましたか？」

シライヤに風邪を引かせたくない一心で、急ぎ保健室へ向かっていると、彼に呼び止められる。

「……手を。誤解されてしまう……」

「あっ」

急ぐあまり、シライヤの手を取ってしまっていた。

「すみません、ご不快な思いをさせてしまいましたね」

慌てて手を放すと、彼は繋がれていた手を片手で包むようにして、頬を赤くしたまま小さく返す。

「俺は不快に思わない。貴女の方が嫌だろう」

「……私も、貴方と手を繋ぐことが、嫌ではありません」

彼の反応にわずかな期待を覚えて思い切って言ってみれば、シライヤは驚いて目を見開き、その後更（さら）に恥ずかしそうに視線を落として耳まで真っ赤にした。

「よろしければ、エスコートさせてください」

再び手を差し出すと、シライヤはギュッと口元を引き結び、ためらいながらも私の手に自分の手を重ねた。

　さっきよりもずっと温かくなった手に、これなら風邪を引かないかもしれないという安堵と、学園という公の場で私と手を繋いでくれた事実に、彼との未来を想像して心臓が張り裂けそうな程高鳴った。

「どうしたんだい？　二人して顔を真っ赤にして……。風邪かな？」

　到着した保健室では、保健医から開口一番にそう問われる。

　すぐにも体温を測られたら、微熱くらいありそうだ。入室する直前まで手を繋いで、ここまで歩いて来た私達は、お互いにかける言葉が一言も出ないまま、相手の体温が上がっていくのだけを感じていた。

　誰かに見られていただろうかとか、そんなのは気にしている余裕がなかったので、解らない。

「トラブルがありまして、濡れた制服を着替えたいのですが、ブルック公爵令息の身体に合う着替えはありますか？」

「大丈夫だよ。大きな物も用意されているからね」

保健医はテキパキと、タオルや着替えの準備をしていく。

艶やかな長い髪を一つに束ねた彼もまた、攻略対象の一人だ。

歳は三十五歳と、攻略対象達の中でも一番の年上だが、年齢を感じさせない若々しい整った顔が、いかにも乙女ゲームのキャラクターらしい。

生家は侯爵家だが、世話焼きで優しい性格の彼になら、貴族社会で庶子と蔑まれてしまうシライヤのことも、安心して任せられる。

タオルと着替えを受け取ったシライヤは、保健医と一緒にベッドがあるカーテンの中へ入った。診察も同時に行うのだろう。

「どうしてびしょ濡れになったのかな？」

「……大した理由ではありません」

私を庇って女子生徒達に水をかけられたことを、言うつもりはないようだった。事を荒立てて、女子生徒達の家へ抗議するという選択肢は、シライヤにはない。

ブルック公爵は、シライヤの為に動いてくれはしないのだから。

「……そうかい？　だが、相談したいことがあれば、いつでもおいで」

「ありがとうございます……」

「それと、少し目が充血しているね。入ってきた時も、足下が危うかったように見えたよ。体調が悪い……、いや、もしかして、寝不足かい？」

シライヤが寝不足？

私は気づけなかったが、保健医が言うなら、きっとそうだ。彼は面倒見がいい故に観察眼が鋭く、ヒロインのわずかな体調不良に気がついて、心配してくれるところが魅力の人気キャラクターだった。

カーテンを勝手に開ける訳にはいかず、ギリギリのところに立って、憂わしく声をかける。

「ブルック公爵令息、寝不足というのは本当ですか？　何か事情があるのでしたら、お話しください」

もしかしたら、ブルック公爵家で嫌がらせを受けて、眠れていないのかもしれない。あまりに虐待が酷いようなら、なんとかして助けたい。

「実は……、父の仕事を手伝っているのだが、週末に貴女の家に行くのに、少し無理をしてしまって。だが、無事に終わらせることができたから、今日は十分に眠って、明日を楽しむつもりだ。だからどうか、心配しないでくれ」

カーテン越しではシライヤの表情が見えないけれど、彼がこちらを向いて優しく笑いながら言ってくれているのが伝わってくる。

私との約束の為、寝不足になるくらい無理をしてくれた。罪悪感が先に立つが、愛しい気持ちが溢れ出る。

「身体を濡らして、更に寝不足となると、体調を崩しやすくなってしまうからね。クラスには連絡しておくから、ここで少し眠っていきなさい」

「ありがとうございます。そうさせていただきます」

その後、カーテンから出てきたのは保健医だけだった。

「あのっ、私も中に」

「君は、彼の婚約者かい？」

「いえ……、違います」

「では、いけないよ。心配なのは解るけれど、聞き分けてくれるね？」

「はい」

「それに、彼は横になった途端に眠ってしまったよ。ソッとしておいてあげよう」

確かに、カーテンの中からは物音一つしなくなった。それ程深く眠ってしまったのだろう。

こんな無茶をさせるつもりではなかった。それでも、彼の気持ちを知れたような気がして、嬉しかった。

シライヤ、期待してもいいですか？

この先歩む未来に、貴方が隣にいてくれたら、私はとても嬉しいのです。

シライヤのことが好きです。

4話 光弾く湖で

「ようこそいらっしゃいました、ブルック公爵令息」

「ご招待ありがとう。ルドラン子爵令嬢」

約束の日、ルドラン子爵家から迎えにやった馬車で、シライヤが到着するのを出迎えた。

昨日はどうなることかと思ったが、シライヤの体調が崩れることもなく、予定通りルドラン子爵家へ招待することができた。

待ちに待った日。ようやくこの日が来た。

「……今日は特に、貴女が美しく見えるよ」

「ありがとうございます。……ブルック公爵令息がいらっしゃるので、美装を凝らしました」

「そうか……。俺の……為に」

もう何度目だろうか。二人でこうやって赤くなるのは。

「どうぞ、こちらへ。両親を紹介いたします」

いつまでも馬車の前で、もじもじとしている訳にもいかない。シライヤを、屋敷の庭へ連れて行った。

ルドラン子爵家自慢の庭園で、シライヤの到着を待っていた両親のところへ彼を案内すると、和やかに挨拶が交わされる。

「娘を庇って、バケツの水を被ったと聞いているよ。私達の大事な娘を護ってくれて、ありがとう」

父が言うと、二人は敬意を示した礼とカーテシーを見せた。

爵位を所持している父と、その夫人である母が、爵位を持たぬシライヤへこのような礼をするのは異例のことだが、私を護ってくれた彼へ礼を尽くしてくださったのだろう。

私も倣って、シライヤへカーテシーをする。

「そんな、お顔を上げてください」

慌てて言うシライヤの言葉で、私達は姿勢を戻した。

「ルドラン子爵令嬢を護るのは、当然のことです。大切な友人ですから」

誠実に言い切るシライヤに、両親の目元が柔らかくほころぶ。

「茶の席を用意しているよ。ゆっくり話そうじゃないか」

「貴方のことを沢山聞かせて欲しいわ」

さあさあと庭園の席へ案内されるシライヤは、こんな大歓迎を受けるのは初めてだと解りやすく緊張していたが、それでも彼が心を軽くしたように見えた。

この場所に、シライヤを蔑む者はいない。ほんの一時だとしても、彼が心を休めてくれたら嬉しい。

四人で話を弾ませていると、使用人がルドラン子爵家の愛馬を二頭連れてくる。このくらいの時間に、連れてきてくれるよう頼んでおいたのだ。

「ブルック公爵令息、紹介しますね。私の愛馬、ノアとアリーです」

黒馬がノア、白馬がアリー。

二頭とも正しく接すれば、よく懐いてくれる頭のいい馬だ。

「綺麗な馬達だな。ルドラン子爵令嬢が、可愛がっているのが解るよ」

「ありがとうございます。よろしければ、撫でてやってくださいませんか？」

「触れてもいいのか？　嬉しいな」

喜んでくれるシライヤと共に席を立つ。

二頭とも、シライヤが近づくのを嫌がったりはしなかった。特に黒馬のノアは、シライヤを気にするように顔を向けて、自ら撫でられようとしている。

「ノアは、ブルック公爵令息が好きみたいですね」

「光栄だな。やあ、ノア。よろしく」

シライヤの手がノアの鼻先を撫でて、機嫌を良くしたノアがそのまま鼻先をシライヤへ押しつける。

自然と顎下へシライヤの手が移動したが、彼は驚いたように呟いた。

「鼻先も柔らかくて驚いたが、ここも柔らかいのか。硬い感触を想像していたよ」

「もしかして、馬に触れるのは初めてですか？」

「あぁ。ずっと触れてみたいと思っていた。嬉しいな」

喜ぶシライヤがノアに夢中になっていると、父も席を立ってこちらへ来る。

「ノアと仲良くなったのか。庭園の外周は、馬を走らせられるようにしてあるんだ。どうだね、今から私と乗馬をしないか？」

貴族の男性が交友を深める為の遊びと言えば、乗馬がかなりの上位へ来るのは間違いないだろう。

当然父もそう思いシライヤを誘ったのだろうが、きっとシライヤは……。

「お恥ずかしいのですが、馬に乗ったことがないのです。お誘いいただいたのに申し訳ありません」

困ったように眉を下げて言うシライヤ。

公爵令息として、この歳まで馬に乗ったことがないなんて、本来であればありえないだろう。

だが、彼の場合はありえてしまう。

「そうか……。では、私が乗馬を教えよう。やってみるつもりは、あるかね？」

父も事情を察したのだろう。なぜかと尋ねることはなく、シライヤの背に手を置いて、労るように言った。途端に、シライヤの顔色が明るくなる。

「いいのですか？」

「もちろんだとも」

期待に目を輝かせるシライヤと、慈愛の眼差しを向ける父は本当の親子のように見えて、その場を邪魔しないように私はそっと離れ、茶会の席にいる母の元へ戻った。

「いい子ねぇ」

カップを静かに置きながら、母は呟いた。

シライヤのことを言われているのは解っているが、なぜか私が褒められたように嬉しくなって「そうでしょう」と自慢げに言ってしまう。

「お母様。私は、彼がいいです。お許しくださいますか？」

「お父様も私も、シンシアの幸せを願っていますよ。頑張ってね」

ゆっくりと頷きながら言ってくれる母に、ホッと胸を撫で下ろす。両親はシライヤを受け入れてくれた。

後は、私が頑張るだけだ。

その後、シライヤが父から乗馬を教わる様子を眺めていたが、驚いたことに彼は瞬く間に乗り方を覚えて、馬を走らせることができるようになっていた。正しく指示を行うシライヤに、ノアも機嫌良く従っている。

「お母様っ！　私、乗馬服に着替えてまいります！」

✦

「ブルック公爵令息。私も乗馬に参加させてください」

「ルドラン子爵令嬢！　格好いいな、とても似合っているよ」

「ありがとうございます。貴方も、馬に乗る姿がとても素敵です」

シライヤに賛辞を贈られた私の乗馬服は、パンツスタイルの男性服に似たデザインのものだ。長い髪は高く結い上げてまとめている。

この世界で、貴族女性が横乗りで馬に乗ることはなかった。

乙女ゲームが作られた前世の世界で、女性も馬に跨がって乗るのが一般的だった為か、横乗り用の鞍を描き分けるのが面倒だったのかは解らないが。

恥じらうこともなくアリーに跨がると、ノアとアリーはお互いに引き寄せられるように近づいた。シライヤとの目線が近くなり、私達はまた頬を染め合ったように思う。

「近くの湖までくらいなら、いい練習になるだろう。二人で行ってきなさい」

父に提案され、私達は喜んで馬を駆けさせた。

屋敷の敷地を抜け、馬の走りやすい道が作られた小さな林を抜ければ、もうそこは湖だ。

ノアはシライヤの乗馬訓練にも付き合っていた為に、一度休ませた方がいいだろうと、私達は馬から下りた。

透明度の高い湖で二頭に水を飲ませてやった後、近くの木に繋ぐ。

私達は湖を眺めるように、少し距離を近くして立った。

「まさか、乗馬を体験できるなんて思わなかった。本当に嬉しいよ」

先に口を開いたのはシライヤで、弾む心のままに言っているのが解った。彼の人生に、一つでも多くの幸せを増やせたのなら、私の心も弾む。

「少し習っただけで、こんなに乗りこなせるなんて凄いことです。勉学だけでなく、乗馬の才もあるのですね」

「ノアが俺に合わせてくれたからだ。賢い馬だ」

「ふふ。そうですね。ノアも賢い子です」

一呼吸置いて、聞きづらいが、確かめなければならないことを口にする。

「公爵家での生活は……辛くありませんか？」

シライヤは考えるように視線を落とし、一度ノア達を見ると、また湖へ視線を戻した。

「……兄達が父から乗馬を教わるのを、羨ましく思っていた。どうして、兄達には与えられて、俺には与えられないのか。くやしく、辛く。寂しく、孤独で。だが、それを繰り返すうちに、諦めることを覚えた。だから今では諦めるのが得意になって、幼い頃よりは、辛く思わない」

湖を見ているようで、どこか遠くを眺めている緑の瞳は、暗く濁って光を追い出したように見えた。

彼はどれだけの長い時間、諦めながら生きたのだろう。そうすることでしか、心を護れなかった彼は、深く傷ついたことも解らないふりをして、いつしか病んでしまうのかもしれない。

「諦めて欲しくない」

無責任な言葉が口から漏れて、自分を叱る為に強く唇を噛んだ。

シライヤは、そんな私に怒りを見せても良かっただろうに、長い前髪の向こうで柔らかく目を細めるだけだった。

「貴女は優しい。ルドラン子爵夫妻も、貴女も、優しく愛情深い家族だ。こんなに幸福な家族がいるのだと、この目で見ることができて良かった」

「……ありがとうございます。自慢の家族です」

家族を褒められて嬉しく思うはずなのに、抱える感情は、迫り上がるような焦燥だった。

だからだろうか。私は自分で思うよりもずっと、勇気の必要だったはずの言葉を口にした。

「貴方も、家族の一員になって欲しいのです」

強く湖風が吹いた。

今になって私の心臓が早鐘を打つ。

焦燥には羞恥も乗せられ、ひどく息が詰まる。それでも止まらない。止められない。

驚き見開かれていく緑の目をまっすぐに見つめ、抗えない気持ちを言葉にする。

「貴方を護りたい。何も諦めさせたくない。幸福を与えたい。愛情深い家庭を、貴方と作りたい」

「令嬢……、それはつまり」

「私と、結婚してください」

突然湖風が止み、耳に痛い程のしじまが訪れた。

わずかな時だったのだろうが、長く感じる程に静けさを聞いた後、ようやくシライヤの唇が動く。

「俺を婚約者にしても、ブルック公爵家からの恩恵はないに等しいだろう。それどころか、庶子を婚約者に据えたと、ルドラン子爵家の評判を落としかねない。俺のような者を選ばずとも、貴女にはもっといい相手が……」

「ブルック公爵令息」

目を伏せながら言葉を連ねていくシライヤを呼び止める。

「私が知りたいのは、貴方の心です」

息を吸う音が聞こえて、揺れる瞳が私へ戻ってくる。

「だ、駄目だ。俺なんか、相応しくない」

「聞かせて」

「貴女は素晴らしい男と結婚して、幸せになるべきだっ」

「貴方の心が聞きたい」

「俺は……っ！」

湖に反射する光が彼の瞳を輝かせて、シライヤは眩しそうな顔で喘ぐように言葉を返した。

「貴女と……家族に、なりたい」

再び強く吹き始めた湖風に背を押され、私はシライヤに抱きついた。

「なりましょう。幸せな家族に。寂しい思いなんて、もうさせない」

返事の代わりに、シライヤは強く私を抱きしめた。

きっと彼は涙を零していたけれど、思う存分泣いてくれたらいいと、何も言わずに抱きしめ合った。

私の視界も揺れているのは、湖が光を弾くせいだけではないのだろう。

✦

しばらくお互いを抱きしめ合っていた私達は、やがて身体を離して湖畔に腰を下ろした。

初めて彼と並んで腰を落ち着けたことに、少しの感動を覚える。

「婚約もまだなのに、身体に触れてすまなかった。不誠実な真似をしたことを謝罪する」

「抱きついたのは、私からですよ？」

「あぁ、そうか。そうだった……かな」

顔を真っ赤にしながら、シライヤは膝を抱えて言う。

女性慣れしていないその姿に、やっぱり可愛らしさを感じてしまう。

大きな身体で、大人びた美しい顔をしているのに、こんなに可愛らしくもあるなんて、
私をどこまで夢中にさせる気なのだろう。

「ご両親は、婚約を反対するのでは……」

「いいえ。父も母も、私がブルック公爵令息へ想いを寄せていることは既に知っています。

その上で、応援してくれています」

「そうか……。ご両親が」

安堵と共に顔を綻ばせるシライヤを見ていると、私も嬉しい。早く正式な婚約者になりたい。

「少し気が早くはありますが、シライヤ様とお呼びしても？」

「もちろんだ。では俺も、シンシア嬢と」

「シンシアと呼んでください」

「ならば俺のことも、シライヤと」

「はい、シライヤ。これから末永く、よろしくお願いします」

「シンシア。俺の方こそ、末永くよろしく頼む」

お互いの呼び方を変えて、湖のきらめきを二人で楽しんだ後、馬をゆっくり歩かせてルドラン子爵家へ向かう。

この林を抜けて湖へ向かう時、私達は友人だったのに、今は恋人なのだ。感動で身体が震えそうになるのを、手綱を握った手に力を込めてなんとか耐える。

二度程シライヤを盗み見ようとしたが、二回とも視線が合ってしまった。おそらく彼は、私をずっと見つめていたのだ。

求められる感覚を知って、これが両想いなのだと初めての恋人から受ける愛情を知り、木々の間から漏れる光がやたらと眩しく感じた。

帰った屋敷では、シライヤに告白をして了承を貰ったことを両親へ報告する。二人はとても喜んでくれた。

「すぐに公爵家へ婚約を打診しよう！　おめでとう、二人とも」

「本当に良かったわ。婚約披露パーティーも、考えておかないといけないわね。二回目になるから、親戚を呼ぶだけのささやかなものになるけれど、着飾って楽しみましょう」

母の言葉に、シライヤは困り果てたように顔を歪めた。

「重ね重ね情けないところをお見せいたしますが、俺に小遣いや予算は割り当てられていません。パーティーの為に、シンシアのドレスを用意することはできないと思います」

悲しげに言うシライヤを勇気づけたくて、彼の手を握った。

「いいのです、シライヤ。揃いの衣装は、私に用意させてください」

「しかし……」

「こちらがシライヤを婿に貰うのですから。いいではありませんか。むしろシライヤを着飾らせるのが、今からとても楽しみです」

「シンシア……。ありがとう」

ぎゅうと手を握り返されて、浮き立つ心が抑えられない。本当に、この素敵な人と婚約できるのだ。

「衣装のことは、娘の言う通りでいいとして、ダンスはどうなのかしら？　婚約関係になれば、二人で一緒に踊る機会が多くなる訳だけど、踊れるのかしら？」

「いえ……、それもお恥ずかしながら。習ったことがありません」

「まあまあ！　そうなのね！　では私が教えるわ！　私も未来の息子に、何か教えたくてウズウズしていたのよ！」

母は俄然やる気が出たように明るく言った。そういえば、シライヤが乗馬を習っている時、何かムズムズと身体を揺らしていた気がする。

「まだいられるのでしょう？　さあ、ホールへ行きましょう！　さあさあ！」

今から始めるのですか？　と尋ねる隙もなく、私とシライヤは子爵家のダンスホールへ連れて行かれてしまった。母の強引な行動に、私達はどちらからともなく笑いを零してしまい、そのままダンスレッスンを受けることになった。

ここでもシライヤは教わったことを全て吸収し、今日初めて踊ったとは思えない程完璧な動きを見せる。

教え甲斐があると興奮した母に、いつ使えるのか解らない情熱的な踊りまで教わることとなった。

5話　ドレッサージュ大会

良き晴天に恵まれたこの日、学園では毎年恒例の大会が開催される。馬を美しく運動させることを競い合う、ドレッサージュ大会だ。

馬の扱いに自信がある学園の生徒は皆選手として出場できるが、紳士の嗜みである乗馬となれば、誰が強制しなくとも、令息達は全員参加が基本となっている。

令嬢達は、ちらほらという程度の参加率で、私も観客に徹するつもりだ。

「さあ、これでいい。男前じゃないか」

開催時間前の慌ただしい会場で、父がそう声をかけた相手はシライヤだ。

普段は顔を隠すように垂らされている彼の前髪だが、父が持参した整髪料で片耳に髪をかけるように整えられたことで、綺麗な顔がよく見えるようになった。父が言うように、とても男前だ。いつか私がシライヤの髪を整える時の参考にしよう。

「ありがとうございます……」

頬を染めて、父へお礼の言葉を言うシライヤ。今日は彼の可愛い照れ顔を、じっくり観察できる。

「私達は、保護者席から見守っているよ」

「頑張ってね、応援しているわ」

父と隣に控えていた母が言い、二人は寄り添いながら保護者席へ向かった。

「こんなに良くして貰って、申し訳ない気がする」

「未来の家族を、大事にしたいだけですよ。申し訳ないなんて、思わないでください」

「未来の、家族……」

シライヤは更に頬を赤く染めて、嬉しそうに言葉を繰り返した。

彼が私達の家族になることを受け入れてくれて、本当に嬉しい。実感する程に、勝手に幸せな笑みが漏れていく。

お互いに微笑みを向け合い、穏やかな幸福を味わっている時に、邪魔者の声が割って入ってくる。

「おい、出場しないやつは、とっとと観客席へ行けよ」

嫌な笑いを見せながら言ってきたのは、ピエールだ。シライヤの迫力に悲鳴をあげて逃げた彼だが、今日は後ろに友人達を従えているからか強気に出ている。

観客席へ行けと言われたのは、私ではなく、シライヤだ。ピエール達は、シライヤが出場しないものと決めつけて話を続ける。

「自分の馬も持てないような男じゃ、乗り方も解んねーもんな」

「馬にも乗れないって、貴族の男としてありえないだろ」

「去年も、女どもと同じ席で、惨めに座ってるだけだったもんな」

口々にシライヤを貶める発言をする彼等に、怒りがふつふつと湧く。

去年、私とシライヤは一年生。

初めての大会を、シライヤがどう過ごしていたのか覚えていないが、エディの婚約者としてサポートをしていた記憶を思い出す限り、確かにシライヤの出場はなかったと思う。

それどころか、数日前に我が家で乗馬を覚えたばかりの彼だ。学園の馬を借りることができたとしても、出場は無理だったのだろう。

何か言い返そうかとも考えたが、それよりももっと彼等を叩きのめすいい方法があった。

「連れてきてくれてありがとう。こちらですわ」

ピエール達の後方から、学園の厩務員がノアを連れてやって来るのが見え、少しわざとらしいくらいの大声で呼び寄せる。

シライヤのところへ来ると機嫌良く鼻を鳴らすノアは、撫でて欲しそうに頭をシライヤへ押しつけた。

「ノア、今日はよろしくな」

望まれるままひとしきり撫でてやった後、シライヤはまるで手慣れているように颯爽とノアに跨がる。太陽に照らされた銀髪が輝いて、その姿は凜々しく美しかった。

「シライヤ、こちらのリボンを」

言いながら、上質な生地で作られた赤いリボンを差し出した。

いつからあるのか解らないが、女子生徒が想いを寄せる相手へ勝利を願うリボンをわたすという伝統が長く続けられている。

大抵の場合婚約者へわたすのだが、人気のある男子生徒は、取り巻きの女子生徒達から何本も貰うことがある。去年のエディも、私のリボンが埋もれるくらい貰っていた。

「シライヤ様！　リボンをおわたしにまいりましたわ！」

「シライヤ様～！　この日の為に、高級な糸でリボンを織らせましたの！」

あの日シライヤの素顔を真正面から見た、エディの取り巻きだった女子生徒達が駆け寄ってきて、自分の色を表したリボンを私の横からシライヤへ差し出した。そういえば、会場にエディの姿がない。だから代わりにと、シライヤのところへ来たのだろうか。

エディなら全てのリボンを受け取るだろう。だが。

「シンシア、ありがとう。貴女の為に賞を狙うよ」

シライヤは私の赤いリボンだけを受け取り、手首に巻き付けた。

「はい。勝利を祈っております」

柔らかく微笑んで頷いたシライヤは、やたらやる気のあるノアと共に選手待機スペースへと向かって行った。

「では皆様(みなさま)、ご健闘をお祈りいたしますわ」

言葉は悪意のないものだが、悪役令嬢(れいじょう)の笑みを不敵に向けて言えば、途端(とたん)にそれぞれ悔(くや)しさを感じて、顔を歪(ゆが)めている。

彼等を負かすのに、多くの言葉は必要ない。


競技の広場には、紐(ひも)で繋(つな)がれたポールが並べられていく。

学園のドレッサージュ大会は、通常のものとは少し異なる大会だというので有名だ。

普通(ふつう)のドレッサージュは、柵(さく)で囲われた広い競技場で行うのだが、ここではポールが障害物のように多く並ぶ。

なんでも、かつて行われていたジャンピング（障害物を飛(と)び越(こ)える競技）のなごりであるらしい。

ジャンピングが中止された原因は、落馬によって貴族の怪我人(けがにん)を多く出してしまったことだ。その為、比較的(ひかくてき)安全であるドレッサージュだけが残ったのだが、ある程度の障害物を避(よ)けられる腕前(うでまえ)も紳士には必要であるとして、このようにポールが多く並ぶことになった。

結果的に通常のドレッサージュよりも難易度がかなり高くなった為、この大会で賞を取ると、貴族平民共に輝かしい功績となる。

他国からこの時期だけの留学生が訪れて、大会に参加する程の名高い催しだ。

程なくして競技場の準備が整うと、審査席には特別審査員として王太子殿下が着いた。

王族に対する贔屓なしの加点というのも存外難しく、こういった大会の時は、特別審査員として在学中の王族が呼ばれるのだ。

シライヤが王太子の覚えもめでたくなれば、今後の貴族社会でも少し生きやすくなる。

「頑張って、シライヤ、ノア」

生徒観客席に着き、祈るようにシライヤ達へ応援の言葉を呟いた。

＊

出場者の半分程度が演技を終えた頃、シライヤとノアの番が来た。

シライヤ・ブルックと名を呼ばれた時、観客達は多少のざわつきを見せた。いいことだ。美しさを見せる競技において、どのような理由であれ注目を集めるのは有利に働くはず。

学園が定めた動きを披露する規定演技と、個人でふりつけた動きを披露する自由演技。この二つを続けて披露する為、馬の集中力が要になってくる。

どちらも通常の大会より短時間で終えるプログラムになってはいるものの、その分見せ場を逃す訳にはいかない。

シライヤの指示で場内へ入ったノアは、始まる前だというのにスキップでもするかのように、蹄を高く上げながら弾んで所定の位置へ着いた。

これはパッサージュという技。難しい技の一つだが、加点にもならない入場にこれを披露したことで、マナーを忘れたように観客がざわついた。

去年は馬にも乗れなかったあのシライヤ・ブルックが、と。

誰も彼もおののき見ているといい。シライヤとノアの実力は、こんなものではないのだから。

「え……、ねえ、なんか、顔が凄く綺麗じゃない？」

「ほんとだわ……。手足も長くて、体型もいいし。乗馬の姿勢もすごく……」

観客のざわつきの中に、こんな会話も聞こえた。シライヤの整った顔が隠されることなく晒されているせいで、令嬢達も違った方向でざわついているようだ。

今更シライヤの良さに気づいても、譲ってあげないわ。彼を幸せにするのは私よ。心の中で呟くと、シライヤが開始の礼をする。

再び動き始めたノアは、まるで自主的に踊るかのように規定演技をこなしていった。

実際はシライヤが、観客に気づかせない程の小さな動きだけでノアに指示を出している。

馬上で姿勢を崩すことなく、ノアを自由に遊ばせているように見える姿に、馬好きな審査員達の反応は上々だ。

シライヤとノアが出会ったのは、ほんの一ヶ月程前なのだと伝えたらどれだけ驚くだろうと考えると、面白いような気がして笑いが漏れてしまう。

笑いを隠す為に少し顔を伏せると、場外でピエール達が集まって何かを話している姿が見えた。

まさか、そこまではしないわよね、と思う。

彼等だって貴族の端くれ。いくら嫌いな相手がいい演技を見せているからと言って、嫉妬して嫌がらせをするなんて、紳士失格の行為をする訳がない。そのはずだ。

そう思ったのだが、彼等を買い被りすぎていたようだ。

自由演技が始まろうとした直前、ピエール達は競技場に散らばり、紐で繋がったポールをそれぞれ引き倒したり蹴り倒したりと乱暴な行為を見せた。

突然倒れたポールに驚きノアが取り乱す。シライヤが宥めようとするが、ノアの息は荒くかなり興奮している。

なんてことをしてくれたのか。ピエール達を見ると、むしろいいことをしてやったと言うように、観客席へ向けて笑いながら両手を上げた。そうか。彼等にとってシライヤを虐めるというのは自然なことであり、正当行為と認識しているのだ。

これが小さなクラス内での出来事であるなら、庶子と蔑まれるシライヤがこうして虐められても、誰かの同情を買うこともなく、さも当然であるかのように受け入れてしまうのだろう。

だがピエールは、この場がそういった場ではないことを理解していない。

大会という公の場であるうえに、特別審査員には王族、それも王太子殿下がいらしている。その大会で、このような暴挙に出ることがどれだけ罪深いか。

「シライヤ様に、何するのよ！」

「暴漢だわ！　警備員、捕まえなさいよ！　暴漢がいましてよ！」

生徒観客席から、大きく高い声が上がった。見れば、エディの取り巻きだった彼女達。

それに呼応するかのように、ピエール達へのブーイングが始まった。主に女子生徒達の声で。

「誰かあの乱暴者達をどうにかして！」

「同じ生徒として恥ずかしいわ！」

「出て行きなさいよ！　退場よ！」

思いがけぬ大ブーイングに、ピエール達は解りやすく狼狽える。警備員に連れて行かれる時も、何が悪かったのか解らないように、ほうけた顔で青くなっていた。

ピエール等が退場したのはいいが、演技の流れが止まってしまったことに変わりはない。

シライヤの宥めかたが良かったのか、ノアは次第に落ち着きを取り戻して顎を下げ、ハミ受けと呼ばれる、騎乗者からの指示を受け取る準備ができたという合図をした。

シライヤもそれを感じて、手綱を美しく張る。だが、次の演目である自由演技を始める為の音楽が、始まらないのだ。

競技場横に待機している楽団を見れば、顔を見合わせて相談をしているように見える。ポールが立て直されていないのだから、演奏を開始できないのだろうか。

競技場を整える為には、シライヤとノアが一度場外へ出る必要がある。しかしそうしてしまえば、スケジュールと馬の興奮を理由に、演技中断の判定を受ける可能性は高かった。何せ、王太子殿下の貴重な時間をいただいているのだから。

シライヤ達の準備は整っている。楽団に演奏さえ始めさせられたら……。

「シライヤ！　ノア！」

私は思い切って大きく声を上げ、生徒観客席で立ち上がった。

悪役令嬢の声はよく通る。女性の声に交じる妙な迫力は、ざわつきに満ちた会場を一瞬で黙らせた。

「ダンスをしましょう。準備はよろしいかしら」

静まりかえった会場ならば、少し大きく声を出すだけで十分響く。

驚いたように目を見開いてこちらを見ていたシライヤだが、やがて柔らかく微笑み「もちろんだ」と言っているかのように頷いた。

大きく胸いっぱいに息を吸い込む。

ゲームの悪役に転生してしまったなんてと、もはや嘆きはしない。この身体、使いこなしてみせよう。今世で私に与えられた全てを使って、愛しい人を護り助けるのだ。

選曲は、シライヤと共に母から習った、情熱的なあの踊りの曲。

吸い込んだ息を全て自分の声に変えて烈々と歌う。会場の空気を震わせて、シライヤとノアへ届けと送り出す。

倒れたポールなどまるでないかのように、ノアは軽快に踊り出した。「おぉ……」と観客達は感嘆の声を短く漏らして、また静まりかえる。誰もがシライヤとノアを夢中で見つめていた。

待機していた楽団は、指揮者の振り上げで一斉に楽器を弾きならす。これでいい。私の助けは、ここまででいいだろう。次のフレーズから歌うのを止め、静かに席へ座り直した。

ふと思い出す。そうだ、この曲はゲームの主題歌だった。

曲に合わせて難易度の高いステップを次々と披露していく人馬一体の姿に、審査員達は次第に机へ乗りだし食い入るように見入っていく。

曲が終わるその瞬間、シライヤとノアは跳んだ。

倒れずに残っていたポールを悠々と、高く高く飛越したのだ。

　ドレッサージュとしては異例の演技だが、ジャンピングの要素が残るこの大会においては、加点の効力を持つかもしれない。

　その証拠に、王太子殿下はこの大会で初めて立ち上がり拍手をした。終了の礼をするシライヤへ応えたのだ。

　全ての観客達が唖然と息を呑んだ。そしてすぐ沸き起こる歓声の嵐。

　ずっと理不尽な扱いを受けていたシライヤが、今ここで多大な功績を挙げ、尽きぬ称賛を受けている。

　どうだ、見たかと私の心が震えた。

　私の愛しい人は、こんなにも輝かしい。

✦

　全ての演技が終わり、結果発表の時が来た。

　次々と賞を貰う者達の名が呼ばれ、最後に優勝者として名を呼ばれたのはシライヤとノアだった。

　優勝のトロフィーをわたすのは、王太子殿下。

「トラブルがあったにもかかわらず、誰よりも素晴らしい演技を見せてくれた。君の功績をここに称えよう。優勝おめでとう、シライヤ・ブルック公爵令息」

王太子殿下の言葉を賜り、トロフィーを受け取ったシライヤは、それを高く掲げて私へ視線を向けた。

彼の手首には、赤いリボンが軽やかにひらめいていた。

6話 アイテム▼山勘ノート

シライヤの優勝で華々しく終わりを告げた、今年のドレッサージュ大会。

授賞式の後は、両親が大はしゃぎでシライヤを褒め称えた。

ブルック公爵は当然のように会場へ姿を見せなかったが、私の両親が親代わりにシライヤを祝ったので、彼が寂しそうにすることはなかった。

父などは、自分が乗馬を教えたのだという誇らしさもあってか、シライヤ専用の鞍を作ろうだとか、馬をもう一頭飼ってシライヤの馬として育てようだとか色々と計画を立てていたが、シライヤが恐縮し慌てて断っていた。

私もシライヤ専用の鞍はいい案だと思うが、馬は考え直した方がいいと思う。

何せノアはもう、シライヤにべた惚れなのだ。

この状態でシライヤが別の馬に乗り換えでもしたら、ノアの嫉妬が凄いことになりそうで恐ろしい。

その日はそのままルドラン子爵家へシライヤと帰り、ご馳走を囲んでシライヤとノアの優勝を祝った。

彼の学生生活に、楽しい思い出が一つ増えたこと。そしてその場に私が共にいられることが、嬉しくてたまらない。

ちなみに、悪行を働いたピエール達は、停学処分と校門清掃の罰が与えられた。王太子殿下がいらっしゃる場で暴動を起こした罪で、退学と実刑に処されるかと思ったが、意外にも王太子殿下が「未熟な学生がしたこと。彼らの不敬を今回に限り許そう」と笑ってこの罰を提案したのだと言う。

しかし、仮にも貴族の子息達が人目に付く校門の清掃を強制されるのだ。余程心臓が強くなければ、この先学園に通うことはできないだろう。

それを解っていてこの処分を提案したであろう殿下は、甘いマスクで笑う姿に似合わず冷酷な方なのかもしれない。

「ノアは、去年も出場していた馬か？」

恒例の校舎裏。シライヤと並んで座り逢瀬を楽しんでいると、彼にそう尋ねられた。

「よく解りましたね。去年のノアは、暴れ馬でした。誰もあの時の馬と同じ馬だとは、気づかないと思っていました」

そう。ノアはドレッサージュ大会に出場するのが、二度目だった。

その時はエディの馬として出場したのだが、粗雑な指示に酷く怒りを見せて暴れ馬となり、演技中にエディを振り落とした。

幸いエディの怪我は大したことはなかったが、当然棄権扱い。

「俺も途中で気づいたんだ。あの時の黒馬によく似ていると。だが乗ってみれば、暴れ馬とは程遠い賢い馬だったから、おかしな気分だったよ」

「ノアは本来、とても実力のある馬なのです。賢いからこそ、騎乗者が未熟だとみなせば命令を聞きません。シライヤが優秀だったから、貴方を認め、指示に従ったのでしょう」

「シンシアは息を吐くように俺なんかを褒めるから、照れてしまうな。だが、ノアに認めて貰えたこと、素直に嬉しく思う」

シライヤは本当に優秀なのに、未だに彼は「俺なんか」と言うのだ。

これからも彼の隣に寄り添って、こうして沢山褒めよう。

彼が自信を取り戻すまでずっと。

「楽しい大会が終わったら、次は定期テストですね。シライヤに少しでも近づけるように今度は私が努力しなくては」

「それなのだが、これをわたしたい。余計なことかとも思ったのだが」

今日のシライヤは、手荷物を持参していた。布で巻かれたそれが解かれると、中からはノートが顔を出す。

私はそれを知っていた。だがあえて知らぬふりをして尋ねる。

「それはなんですか？」

「次のテストに備えて、当たりそうなところや間違いやすいところを書き出しておいた。少しでもシンシアの役に立つといいのだが」

　シライヤとの勉強イベントをこなすと手に入る、山勘ノートだった。これを手に入れると、プレイヤーの学力がぐっと上がる。

　そして、シライヤからの好感度も上がったことを示す。

　ゲームでも、それを受け取るか受け取らないかは選択できる。あえて受け取らずに、シライヤからの好感度を下げて、バッドエンドを回避する方法もあるのだ。

　その場合は、学力を上げるのにかなり苦労するので、攻略が難しくなってしまうが。

　私はその山勘ノートを大切に受け取り、表紙を中指でそっと撫でる。

　既に私の気持ちは決まっている。シライヤと歩む未来以外、考えられないのだから。

「ありがとうございます。一度、シライヤの勉強法を見てみたいと思っていたのです。とても嬉しいです」

「良かった。俺の勉強法を見たいと言うなら、図書室で授業の復習でもしようか」

「そうしましょう！　では、次の待ち合わせは図書室ですね」

「あぁ。テストまで一緒に頑張ろう」

「はい、シライヤ」

　子爵となった未来でも、シライヤはこうして支えてくれるのだろう。幸福な結婚生活を容易に想像できて、私の顔に抑えきれない笑みが浮かぶ。

「シライヤ。準備ができましたので、お父様が今日にも早馬で公爵家へ婚約の打診をすると言っていました」

「そうか！　……そうか」

　顔色を明るく輝かせたシライヤは、その後喜びを噛みしめるように目を閉じた。彼も想像してくれたのだろうか。

　私達の幸せな結婚生活を。

✦

　校舎裏の逢瀬を終え、上機嫌でシライヤの山勘ノートを胸に抱え廊下を歩いていると、桃色の髪の女が立ちはだかる。

　そういえばこんな人いたな。なんて思うくらいには、存在を忘れていた。

「あら、エディエリーのエリーの方」

「は？　何その呼び方!?」

　そうなると、私はシライヤシンシアのシンシアの方となる訳か。

うん、長いけどゴロはいい。

「じゃなくて、あんた、エディに何かした⁉　なんでエディが学園に来ないのよ！」

「あぁ、そういえば、あの人来ていないわね。おかげで平和だわ」

「そういえばって、あんたが何かしたんじゃないの⁉　そもそも、婚約破棄って何⁉　それは卒業パーティーでやるやつでしょ⁉　なんでこんなに早くイベントが起こってるのよ！」

「婚約破棄じゃなくて、婚約の解消よ。一応は、穏便に話し合いですませたもの。あ、そっか。卒業パーティーよりずっと前に婚約を解消してしまったから、あの人の学費を工面してくれる人がいなくなっちゃったのね。じゃあ、自主退学にでもなるのかしら」

「退学⁉　何それ！　そんなの困る……。待って、話が通じてるってことは、あんたも転生者な訳⁉」

それはこっちの台詞だ。

ヒロインの方も転生してゲームのキャラクターになってしまったなんて、いったいどういう運命が働いているのか。

ゲームだと知っているということは、同じ世界の同時期に存在していた相手なのだろうが、倫理観に問題がありそうな彼女と前世の、思い出話に花を咲かせるのはお断りだ。

「まあ、迂闊にそんなことを言って。正気を疑われたら、修道院へ送られてしまうわよ」

「やっぱり！　あんたも！」

人の気配がないので、あっさりと認めてやる。とはいえ、明確にそうだと言うのは避けるが。

彼女が人前で転生だのなんだのと言ってくれれば、本当に修道院送りにするのもたやすいだろう。そうする為には、私も転生者だとヒロインに気づかせておいた方が口を滑らせやすい。

願わくは、彼女も私もこれ以上関わらず、お互いの幸せを追い求めることが最良ではあるが。言っても無駄そう。

「え……っ、ちょっと待って。それってシライヤの山勘ノート!?　なんであんたが！」

「なんでも何も、シライヤから贈って貰ったのよ。私は彼に許可されて呼び捨てにしているけれど、貴女はブルック公爵令息と呼んでちょうだい。それがこの世界での、貴族のマナーよ」

善意半分、私のシライヤを呼び捨てにすることへの怒り半分で言うと、ヒロインは意地の悪そうな顔で笑う。可愛い顔立ちなのに、よくそんな顔芸ができるものだ。

「やだぁ。あんたもしかして、王太子ルート狙ってんの？　ヒロインでもないくせに。悪役令嬢がそんなの、身の程知らずにも程があるって。無理ゲーすぎ！」

「不敬なことを言ってはいけないわ。王太子殿下には、相応しい婚約者がいらっしゃるのだから。私はただ、シライヤと仲良くさせていただいているだけよ」

「はぁ……？　え、まさかあんた、ヤンデレ好き？　うわぁ。信じらんない。シライヤがヒロインに何をするか知ってんでしょ？　無理心中なんて最悪。キモすぎ、ありえない。私が王太子ルートを選ばなかったのだって、シライヤと知り合いたくないからだもん。あんた趣味悪すぎ」

　さて、シライヤは本当にヤンデレになるだろうか？

　今の私が、彼を手酷く突き放すような真似をすれば、もしかしたら。けれど、私にその予定はない。それよりも、長年虐げられてきた彼の心のケアをしてあげたい。

「不敬なことを言ってはいけないと、もう一度忠告してあげるわ。シライヤを呼び捨てにするのも、王太子殿下の個人的なことに踏み入るような発言も、今すぐに改めた方がいい。もちろん、転生だのとおかしなことを言うのもね。修道院に行きたくはないでしょう？」

「脅してる訳？　ヒロインが修道院に行くなんてエンディングないわよ。悪役令嬢のあんたなら、行くかもしれないけどね」

「一応、親切で言ってあげてるんだけどね。話が以上なら、私は行くわ。今更我が家が、ドリス伯爵令息の学費を出して、学園に呼び戻してあげるなんてできないことくらい、貴女でも解るでしょ。さようなら」

　話は終わったと、彼女の横を通り抜けるが、ガッシリと肩を掴まれてしまう。けっこう握力がある。

「待ちなさいよ！　だったら、そのノート私に寄越しなさい！　攻略に学力が必要な、宰相の息子ルートに行くから！　それがあれば楽勝よ！」

ふざけないで欲しいものだ。シライヤが私の為に作ってくれたノートを、他の女にわたす訳がないのだから。

「馬鹿ねえ。ノートがあるだけじゃ、学力は上がらないわ。この現実世界では、実際に勉強をしないといけないのよ。それとも貴女……、シライヤの好感度を上げたいの？　ふふ、泳ぎは得意な方なのかしら？」

「……うっ」

悪役令嬢顔の私が、こうして含みのある笑い方をして言えば、さぞ迫力があることだろう。

ヒロインは自分の末路を想像したのか、ひるんで手を引っ込めた。

「今度こそさようなら。どうぞ、貴女はご勝手に幸せになってちょうだいね。私と関わらないところで」

悔しそうに顔を歪めていたヒロインだが、私の後を追いかけてはこなかった。

これで彼女との縁も切れるといいのだが。

7話 王太子殿下

翌日、私とシライヤは早速図書室へ向かった。

学園の図書室には、学習用のスペースとして観葉植物などで簡易的に区切られている部屋があり、そこでは多少の私語が許されている。学生同士で自主学習をする時用に、一般的に使われている部屋だ。

完全な個室ではないので、性別の違う友人同士でも入りやすい。

早朝の時間を狙って来た為に、図書室の利用者はいなかった。

私達は四人掛け程度の小さな丸い机に腰を落ち着けて、教材を開く。

「え？　まだ、公爵様からお話がないのですか？」

「あぁ……。俺宛に連絡が届いていないか尋ねてもみたんだが、何もないと」

「おかしいですね。婚約の打診書は我が家の使用人が直接お届けに上がったので、昨日のうちには届いているはずなのですが」

自然な流れで婚約の話になったが、おかしなことに公爵のもとには、まだ私の打診書が届いていなかった。

「……父はお忙しい方だから。特に、俺に関することで、時間を割きたくはないのだろう。……すまない、シンシアとルドラン子爵家には迷惑をかけるが」

「いえ、迷惑だなんて。そうですね、あまりに音沙汰がないようでしたら、公爵様へ父と共に面会のお約束を打診いたしますわ。子爵家からの面会希望は恐れ多くもありますが、内容が私達の婚約のことであれば、不敬には当たらないでしょう」

「そうして貰えると助かる、ありがとう。面倒をかけて申し訳ない」

「面倒では、ありません。シライヤとの婚約の為ですもの。どのような努力も惜しみませんわ」

「シンシア……。俺は君に出会えて、幸せ者だな」

「私もですよ、シライヤ。早く正式な婚約者になりたいですね」

シライヤが「あぁ」と答えるのと同時に、私達は机の下で指先を絡めた。

それにしても、婚約の打診書を無視されるとは思わなかった。

シライヤにはまだ伝えていないが、彼を花婿修業として我が家へ迎える用意もあること、それに伴い彼の学費や生活費をこちらで工面してもいいことまで記してあるのだ。

シライヤを厄介者扱いするブルック公爵家ならば、すぐにでも彼をルドラン子爵家へ預けるだろうと予想していたのに。当てが外れたようだ。何かおかしなことにならなければいいのだが。

「そういえば、シライヤにいただいたノートを拝見いたしました。驚く程に解りやすくて、間違って記憶していたところにも気づくことができました。凄いです、シライヤ。人に教える才能があるのでは？」

「そんな、才能だなんて。けれど、シンシアとの未来を考える前は、教師になる道も考えていたんだ。目指して学んだことが役立ったのかもしれないな。シンシアの助けになれて良かったよ」

「教師のシライヤも、きっと素敵でしょうね。将来は共に領地経営をしていただくことになりますが、経営に余裕があれば、臨時講師のお役目くらいならできるのでは？　夢を諦める必要は、ないかもしれませんよ」

「卒業後の生計を立てる為に目指していただけだったんだが、シンシアに素敵だと言って貰えるなら、そうしてみるのも悪くなさそうだな。楽しめると思う」

「ええ、きっとシライヤなら、素敵な先生になります」

ゲームでは、平民上がりのヒロインを、王太子妃候補に押し上げるまでやってのけたシライヤだ。きっと教育者としての才能があるのだろう。

無理をして教師になる必要はないが、楽しめそうならやって欲しい。

それは、彼の自信の一つになるだろうから。傷ついた心の支えは、一つでも多い方がいいのだ。

「そんなに教えるのが上手いなら、少し相談に乗っては貰えないだろうか」

涼やかな声が唐突に私達へかけられた。

この豪華声優ボイスは、確かめるまでもなく誰の声か解る。

「王太子殿下！」

先に気づいたシライヤがそう言いながら席を立ち、私も一息遅れて立ち上がった。

学園内である為に長い口上は控えて、簡易的な礼の形を取るだけにとどめる。

「ありがとう。楽にしてくれ」

殿下の許しが出て、私達はそろって顔を上げた。

メインルートの攻略対象。名を呼ぶ機会などないだろうが、彼の名はアデルバード・アラン・エルゼリア。私達の暮らすエルゼリア王国の第一王子で、王太子。

金髪に青い瞳の典型的な容姿である、解りやすい程の王子キャラだ。

作品の中で一番の美形に描かれていたのは知っているが、ドレッサージュ大会で遠目に見た時よりも、こうして目の前にすると目がくらむ程の美しさに驚く。

今の私にとって、一番魅力的なのがシライヤであることに変わりはないけれど。

「盗み聞くつもりではなかったのだが、たまたま耳に入ってね。シライヤ・ブルック公爵令息は、成績が優秀であるだけでなく、人に教えるのも上手いのかな」

「騒がしいところをお見せいたしました。ルドラン子爵令嬢が、私を良く評価してくだ

さいましたが、殿下のお耳に入れる程の功績はございません。私の教えが上手いというより、彼女自身が優秀なのでしょう」

「ああ、次期ルドラン子爵として、彼女の才覚には目を見張るものがあると聞いている。では、その優秀なルドラン子爵令嬢は、ブルック公爵令息をどう評価しているのか聞かせて貰えるか？」

高位貴族の一員であるシライヤがいる手前、私が王太子殿下に対して言葉を発することはないだろうと考えていたが、直接尋ねられたのならば答えない訳にはいかない。

「はい殿下。お褒めに与り光栄です。ご質問にお答えいたします。ブルック公爵令息には、教育者としての才が有ると考えます。彼の教え方は解りやすく的確です」

「そうか、先程ノートのことを話していなかったか？　無理にとは言わないが、私にもそれを見せて貰うことはできるかな」

「彼の同意があれば。いかがでしょうか、シライヤ」

「もちろん、構わない」

一応尋ねる形は取っているが、殿下が見たいと仰るなら、余程の理由がない限りお断りはできない。シライヤもすぐに了承した。何も後ろめたいことはないのだから、ためらう必要もないだろう。

「これが話題に上がったノートでございます。殿下」

「ありがとう、借りるよ」

折り目一つつけないように大事にしているノートだ。わたす時に多少の緊張はあったが、王太子殿下は丁寧に開いて扱ってくれた。

パラパラとめくるだけの箇所もあれば、じっくりと読み込む箇所もある。

そうして最後のページまで見切った殿下はノートを閉じ、何かを考えるように少しの沈黙を作った。

「なる程、これは確かに素晴らしい。私についてくれる王宮勤めの教師達もけして劣っている訳ではないが、彼等に尋ねても理解できなかったところを理解することができた。ドレッサージュ大会といい、シライヤ・ブルック公爵令息は多才であるのだな」

殿下に率直な賛辞を贈られ、シライヤは緊張するように肩をすくめたが、頬がほんのりと赤い。そして、少し震える声で続けた。

「勿体ないお言葉です……」

ドレッサージュ大会の栄誉に続き、王太子殿下という高貴な人間に個人的な称賛を贈られ、傷つけられてきた彼の自己肯定感は、今ようやく報われて癒やしの時を迎えている。

表情は取り繕われているが、私にはシライヤの喜びがひしひしと伝わってくる気がした。

「どうだろうか。私も君達の自主学習に、たまに参加させて貰えないか？　ブルック公爵令息には教えを請うことの方が多いだろうから、心ばかりになるが謝礼も考えている」

と、王太子殿下の続けられた言葉に、穏やかな喜びを抱いていたはずのシライヤの顔が一瞬にして強張った。私も驚きを隠せない。

シライヤには本当に能力があるとは思うが、まだ学生の身。王太子殿下を指導して謝礼を貰うのは、なんというか、いきなり出世しすぎ？

「お待ちください……っ、私のような者ではお役目に不適格です」

「このノートを見る限り、そうは思わないな。正直なところ、藁にも縋る思いでね。私に足りない学力を一刻も早く補いたい。試せることは全て試したいんだ」

「そのように仰いますが、殿下は成績上位者の一人ではありませんか。学力が足りぬなどということはないように感じられますが」

「いや、足りないんだ。今のままでは駄目だ。足りていない。何もかも」

「そんな……、しかし」

さっきまでの喜びはどこへやら。

今はすっかり困り果てたようにするシライヤと、何か思い詰めたように自分に厳しい王太子殿下。どちらも引けずに、重い空気がただよっている。

王太子殿下は、いったいどうしたというのだろうか。

シライヤの言うとおり、殿下は成績上位者の一人。どの科目も、必ず十位以内に入る程に優秀だ。

それだけできていれば十分過ぎる。歴代の王族達の成績と比べても、遜色のない実力だと思うのだが。

まさかシライヤのように、トップを目指しているのだろうか？

彼が王太子という特別な立場であったとしても、そんな必要は……。

そこまで考えて、はたと王太子ルートの設定を思い出す。

王太子は、優秀な婚約者に対して劣等感を抱いていた。

そのせいで婚約者との関係が悪くなる中、ヒロインという癒やしが現れて、王太子とヒロインの間に愛が生まれるのだ。

「言葉を挟んで申し訳ありません。殿下は、成績において勝ちたい相手がいらっしゃるのでしょうか」

高位貴族同士の会話に入り込むことへ、恐縮の姿勢を見せつつ尋ねれば、王太子殿下は図星を突かれたと言うように、ハッと驚いて気まずい顔をした。

「あぁ。いや……、勝ちたいという訳ではない。ただ、彼女よりも優れていなければ、きっと、呆れられてしまうから……」

「その彼女というのは、婚約者であらせられる、エステリーゼ・グリディモア公爵令嬢でお間違いありませんか？」

「なぜそこまで……。誰にも、そのことは話していないはずだが」

　ゲームでプレイしたからです。とは言えないので「私、優秀らしいので」と流して笑顔を見せておく。納得しきれないと言いたそうな王太子殿下を無視して、そのまま言葉を続けた。

「確かに、グリディモア公爵令嬢は、シライヤに並ぶ程の成績優秀者でいらっしゃいます。ですが殿下。最近のグリディモア公爵令嬢は、顔色が悪いように思えませんか？　殿下といらっしゃる時も、ずっと俯くことが多いのでは」

「それは……、私が不甲斐ないばかりに、彼女が呆れて……」

「いいえ、殿下。殿下を真にお慕いする、グリディモア公爵令嬢に限って、そのようなことはあり得ません。どうか今一度、グリディモア公爵令嬢の置かれている状況に、目をお配りください。彼女はきっと、限界を迎えておられるのです」

「どういうことだ？　何か知っているのか？」

「私の口からお話しするのは、はばかられます。殿下ご自身でお確かめになり、グリディモア公爵令嬢が胸の内をお話しくだされば、事態は良い方向へ進むかと」

「話が見えない。君はいったい何を言って……」

　子爵令嬢ごときの言葉では、押しが弱いのだろうか。王太子殿下は訝しむ表情を隠そうともせず、私を観察した。しかたない。それならば。

「もしそれでなんの進展もないようでしたら、シライヤが殿下の学びをサポートいたします」

「シンシア⁉」

シライヤが驚愕の声で私の名を呼ぶが、今だけは乗り越えるべき壁だと思って貰おう。

万が一殿下を指導することになったとしても、それはシライヤの功績の一つになり、王太子との繋がりも持てるのだから、それ程悪い話でもないのだ。もちろん私も、協力するつもりだ。

「……いいだろう。では中間報告として、一週間後。再びこの図書室で、この時間。構わないか？」

「はい、殿下」

シライヤは了承の言葉を発していないが私がそう答えると、王太子殿下は振り返ることもなく颯爽と図書室を後にした。

「シンシア、どういうことなんだ？　何か確証があっての言葉なのか？」

「シライヤ、勝手な真似をしたことを謝罪いたします。どうしても承諾できないと言うなら、これは私が契約もなしに行ったこと、貴方には拒否する権利があります」

「いや、そういうことじゃ。そもそも、殿下にあのように言った以上、今更なかったことにはできない」

「シライヤは大丈夫ですよ。殿下は優秀な方です。シライヤに確認をしなかったのは、殿下もこれが正式な契約でないことを理解しているから。学生の身分で、学園の図書室という場所で、私達の会話は冗談の延長にすぎません。もちろん、王族へ虚偽の発言をしたことについて、お咎めがないということはありません。けれど状況的に、私個人への罰で終わります」

「シンシアに罰だなんて！　そんなことはさせない！　シンシアの為なら、教師役だろうとなんだろうと、引き受けるさ！　殿下の成績をトップに押し上げるくらいやってみせる！」

　声を大きくしながら、私へ歩を進めるシライヤ。普段であれば、必要以上に近づくと恥ずかしがって身を引くような人だというのに。

「ふふ、ありがとうございます、シライヤ。……ヤンデレキャラの熱意って素敵かも」

　前世共に、ヤンデレ設定にときめいたことはなかったはずだが、シライヤにここまで熱く想いをぶつけられるのは悪くない。むしろいい。

　とても、可愛い人。

「……やん……で？　なんだ？」

「あら、声に出てましたか？」

　私も、シライヤを前にすると迂闊になるのだろうか。気をつけなければ。

「遠い国の言葉で、愛情深い人という意味ですよ。ヤンデレは」

「そうなのか……？　シンシアに、俺の気持ちが伝わっているなら、それはいい。しかし、殿下へ言った言葉の意味は？　君のことが心配なんだ」

「詳しい話は、できません。たとえ将来の婚約者でもです。ただシライヤ、私は貴方と共に歩む未来を楽しみにしているんです。それを壊すような真似はいたしません」

「……解った。無理には聞かない。シンシアを信じたい」

「ありがとうございます、シライヤ。……なんだか愛しくなってしまいました。こっそり頬に、キスをしてしまいましょうか」

辺りに人の気配はないが、そっと耳打ちをしてキスを強請ると、シライヤは真っ赤になって私から遠く身を引いた。

「そ、それは、まだ早い！」

初心な反応をするシライヤが可愛くて仕方ない。早く婚約者になりたい。

だが、愛らしい彼に手を出そうとした罰だろうか。その日屋敷へ帰宅すると、両親は難しい顔をして私を出迎えた。

ブルック公爵家から、返事が届いたのだ。その返事には、公爵家の次男の婚約の打診書も添えられていた。

いわく、次男の婚約が整っていないというのに、三男の婚約者を先に決める訳にはいかない。

いわく、次男は前からルドラン子爵令嬢に想いを寄せていた。

いわく、三男は酷く手癖の悪い不出来な息子で、ルドラン子爵令嬢を騙している可能性がある。

いわく、次男は紳士的で立派な自慢の息子である為、きっとルドラン子爵令嬢も気に入るだろう。

大体はそんな内容だ。これは、起こって欲しくない事態が起きてしまった。ブルック公爵家はシライヤではなく、次男を私にあてがいたがっているようだ。

「なんという親だ。あんなにいい子を貶めようとするとは」

「ブルック公爵にとっては実の子であるのに、酷い仕打ちをするものね」

私が嫌悪を露わにする前に、両親が先に怒ってくれた。父も母も、シライヤのことを大事に思ってくれているのだ。

「ブルック公爵家の長男と次男は、いい噂を聞かない。ブルック公爵夫人がやたらと褒めているが、彼等の粗暴な態度に泣いている者は多い」

「そんな男がシンシアの婿になるだなんて、絶対に許容できないわ。必ず婚約をお断りします。公爵家とて、無理に婚約を結ぶことはできないのだから。……けれど」

そう言う両親の顔色は暗い。なる程、二人の言いたいことは推測できた。二人が言いづらそうにしているなら、私から尋ねよう。

「公爵からの打診であれば、はね付けるような真似はできないということですね。私は必ず、公爵家次男との顔合わせをしなくてはならない」

言った私に寄りそうように、母が隣に立って私の身体を抱きしめてくれた。

「ええ、その通りよ、シンシア。一度か二度、貴女は望まない男性と顔を突き合わせなくてはならない」

「承知しております。高位貴族の面子を潰さぬように動くのは、貴族の義務。公爵家からの打診を受け、お見合いはいたします。ただ、次男様との婚約をお断りすることで、ブルック公爵様の不興を買い、シライヤとの婚約を認めていただけなくなるかもしれない不安が残ります」

突然ただよった暗雲に、私達がその日顔色を晴らすことはなかった。

8話　イチャイチャとは

「そんな！　聞いていない！　シンシアとディラン兄上が見合いだなどと！」

次の日、校舎裏ですぐにシライヤへ状況を話した。ディランというのは、例の次男の名前だ。

シライヤは何も聞かされていなかったようで、酷く取り乱し狼狽えた。

顔色は真っ青で、見ているのが可哀想になるくらいだ。

「落ち着いてください、シライヤ。立場上、顔合わせはしなければなりませんが、私はシライヤ以外の人と婚約するつもりはありません」

シライヤの背を強く撫でながら、彼を支えるようにすると、幾分か落ち着きを取り戻したように見える。

それでも、彼は絶望を顔に乗せたまま続けた。

「今までも、兄達には色んな物を取り上げられてきた。これまでは全て諦めてきた。諦められた。でも今回は……っ、今回だけはあんまりだ。諦められない。失いたくない。貴女が……、好きなんだ」

下を向くだけでは、隠し切れなかったのだろう。溢れ出る涙を抑えつけるように、両手で顔を覆ったシライヤは、息が詰まるような声で私へ愛を乞う。

「諦める必要はありません。これから先、シライヤの大切なものを何も奪わせません。大丈夫、私達は婚約します。そして夫婦になります。ずっと一緒です、シライヤ。私も貴方が好きなのですから」

「……っ」

シライヤを支えるようにしている私へ、彼はためらいがちに身体を寄せる。顔を覆っていた手は外されたが、今もシライヤの瞳は濡れていた。

「どうして君が、俺なんかを好きになってくれたのか解らない……」

「シライヤのいいところなんて、数え切れない程ありますよ。一つ一つ挙げていってもいいですが、今聞きたいですか？　時間がたっぷりかかりますよ。授業をサボる覚悟がおありですか？」

「それは……困るな。優等生で卒業して、未来のルドラン子爵家当主の婿として胸を張りたいんだ」

シライヤの顔に、やっと笑みが戻ってきた。困ったように笑う彼の頬を、そっと両手で包む。

「私の為に努力してくれるところも好きですよ。……本当にキスしちゃ駄目ですか？　頬に、ちょっとだけ。額でもいいですから」

「まったく、貴女という人は……。キスは結婚式まで、大事に取っておいてくれ」

キスのお預けは残念だが、シライヤが元気になってくれるのは嬉しい。キスの代わりに、シライヤの両手を強く握った。

「シライヤ。今日の放課後、ルドラン子爵家へ来ていただけませんか？　両親が、婚約の件で作戦会議をしたいと」

「ご夫妻が……」

「両親も、シライヤが婿に来てくれることを、望んでいるのです」

シライヤの頬がほんのりと染まっていく。

「早く、シンシア達と家族になりたい」

「イチャイチャに勝るものはないだろう！」

「イチャイチャしかないわね！　イチャイチャするのよ！」

さて、ルドラン子爵家で作戦会議が始まった訳だが、両親は開口一番にそう言った。

「イ……チャ、イチャ……」

緑の瞳を大きく見開きながら、シライヤは呟いた。

「見合いの日、シンシアとシライヤがこれでもかと仲睦まじく振る舞えば、間に割って入る気も失せるだろう」

「イチャイチャの仕方は解る？　私達のやり方を見ていてね。ほら、こうやってお互いに手を取り合って……」

両親はお互いに手を絡め合って、相手をジッと見つめる。

私達への手本を演じているはずだが、段々とお互いの魅力にのめり込むようにして、うっとりと見つめ合った。

顔が近づいていき、キスを……。

「キスはまだ早い!!」

シライヤの大声で、両親は気づいたようにピタリと止まる。

私達三人に視線を送られたシライヤは、ハッとして肩をすくめ、ぽそぽそと言葉を続けた。

「いえ、その……。シンシアと俺は……、婚約すらしていませんので……。そ、それに、初めてのキスは結婚式で……したい……、と」

耳まで赤くして言うシライヤに、両親は我が子を慈しむように目を細めて笑う。

「そうだったね。娘を大事にしてくれてありがとう」

「やっぱり、シンシアのお婿さんは、貴方しかいないわね」

私もそう思う。今となっては、シライヤとの結婚しか考えられない。

正直、キスをしてしまいたい気持ちがあるが、それとは別に、シライヤが私を大事にしてくれている事実もとても嬉しいのだ。誠実な彼を、私も大事にしたい。

「今のは、妻があまりに魅力的でね。ついキスをしたくなってしまったんだよ」

「私の夫の魅力に敵う者はいないわ。キスをしたくなってしまったのは、こちらの方よ」

またイチャイチャを始めた両親は置いておいて、私は同じソファに座るシライヤへ身体を寄せた。

「シライヤ！　実践してみましょう。さあ、手を」

真っ赤な顔のまま狼狽えるシライヤを押し切って、彼の両手を取る。

「シライヤの瞳は、とても綺麗ですね。いつまででも見ていられます」

「う……っ、シ、シンシアの、瞳、も、綺麗……だ」

「シライヤの輝く銀髪も大好きです。けれど、愛しいお顔が見えづらいので、いつか整えさせていただけませんか？」

「シンシア……の、好きに、してくれ……っ」

「いいのですか！　では、結婚後は毎日キスをいたしましょうね！　朝と夜は必ず！」

「へっ⁉　い、今はその話じゃ……っ。ま、毎日……。シンシアと、毎日……」

　シライヤの顔から湯気が出ているような幻像が見えた気がする。

　今にも倒れ込みそうなシライヤを見て、私が「あら、まあ」と声を漏らすと、両親が言葉を続けた。

「悪くないイチャイチャだったと思うが、彼の心臓が心配になるな」

「それに、甘酸っぱい恋の時期というのも、大事ですもの。無理をしなくていいと思うわ」

「では、どういたしましょう？　イチャイチャ作戦は中止ですか？」

　尋ねると、両親は同時に何かを思いついたようで、お互いに頷き合った。「待っていてね」と母が言って立ち上がると、そのまま部屋を出て行く。

　戻ってきた母の手には宝石箱が。それを机に置いて、丁寧に中から取りだしたのは一組のピアスだった。

　星の輝きを表現したという、シンプルながらも美しいデザインのピアスは、両親が婚約時代に片方ずつ着けていた物だと言う。

「お揃いのピアスを着けて寄り添えば、それだけで仲睦まじさを表現できるでしょう？」

「私達も婚約時代は、周囲がうるさくてねえ。何せ親戚同士の結婚だろう？　他の貴族と繋がりを作るべきだと邪魔が入って大変だった」

「ピアスはいい仕事をしてくれたわ。私達がお互いに愛し合っていることを、目に見える形で示してくれたもの」

「どうだ？　二人も着けるなら、すぐに道具を用意させよう」

なんて素敵な提案なのだろう。

「シライヤ、すぐに着けましょう！」

喜びのままに言うと、シライヤは赤くしていた顔から血の気を引かせて眉を寄せていた。

「シライヤ？　嫌ですか？」

「……シンシアの肌に傷をつけるなんて」

そっとシライヤの指先が私の耳へ触れた。傷一つない私の耳を、愛おしむように柔らかく撫でていく。

イチャイチャとは、こういうことなのでは？　と思いつつも、シライヤが真剣に思い悩んでいるようなので、それを指摘するのは止めておいた。

「シライヤが嫌がるなら、無理強いはいたしません。でも私はシライヤと一緒に、変わらない物を持てたら嬉しく思います」

「変わらない物？」

「私達は、変わらないようで日々変わっている。今日の私達は、明日の私達とは違う。この甘酸っぱい想いだって、日々少しずつ色んなことが積み重なって、穏やかに変化してい

きます。その変化は素敵なことですが、過ぎる時間が少し寂しくもある」

シライヤの耳に触れる。柔らかくて、手の平よりもずっと体温が低い。

「だから一つくらい、何も変わらない物があったら今日の私達をずっと大事にできるようで。それがとても、嬉しく思えるのです」

考えるように、静かに私を見つめたシライヤは、耳を触る私の手に自分の手を重ねて一呼吸の間目を閉じた。

「……解った。着けよう」

「いいのですか？　色々と言いましたが、シライヤの気持ちを無視したい訳ではありません。貴方が少しでも嫌だと思うなら、他の方法を探しましょう」

ゆるゆるとシライヤの首が左右へ振られ、優しい眼差しが落ちてくる。

「いいんだ。シンシアを傷つける為じゃなく、大事にする為なのだと思えたから」

お互いの気持ちを同じくした私達は、使用人が用意してくれた道具でお互いの耳に穴を開け、ピアスを着けた。痛みは直に癒えるだろう。

変わらず在り続ける星の輝きが、私達の耳に一つずつ分けられた。

これできっと、私達は永遠に共にいられる。そう思えた。


そう、思えたのに。

その日を最後に、シライヤは学園に登校しなくなってしまった。

9話 消えたシライヤ

シライヤが消えて数日。

理由は無断欠席となっている。放蕩息子が、遊びに夢中で学園への登校を拒否しているのだと。

そんなのはありえない。シライヤは私の為に、優等生のまま卒業したいと言ってくれたのだから。あの言葉が嘘であるはずがない。

十中八九、ブルック公爵の仕業だろう。シライヤの評判を下げる為と、私との仲を進展させない為。

もしくは、星を分け合ったあの日、屋敷へ帰って彼が抵抗の意思を強く見せ、公爵の逆鱗に触れたのかもしれない。

とにかく、彼は公爵によって監禁されている可能性が高い。

まさか、命を害するようなことがあるとは思いたくないが、少しでも早く彼の無事を確認しなければ。

焦燥を感じながら耳の星へ触れた瞬間、あの涼やかボイスが私へ向けられた。

「どうした？　君一人なのか？　ルドラン子爵令嬢」

「殿下」

約束の一週間後。シライヤがいない為に、私は一人で早朝の図書室に来ていた。現れた王太子殿下へ軽い礼の形を取ると、すぐ「楽に」と許しの言葉をかけられる。

「ブルック公爵令息と共に参じるべきでしたが、彼には事情があり、学園へ登校することができておりません」

「ふむ……。彼らしくもない噂があるのは知っている」

「……はい」

「彼のことも気になるが、先にこちらの話を聞いて貰おう。まずは座ろうか。さぁ、レディ」

王太子殿下は、流れるようにサッと椅子を引いてくださった。お断りする方が失礼に当たる為、引かれた椅子に素直に腰掛ける。

殿下も目の前の席に着くと、疲れたように笑った。

「では報告だ。結論から言って、私はエステリーゼと和解した。いや、違うな。私の勝手な被害妄想を、痛い程に自覚した。愚かな自分が恥ずかしいよ……」

「殿下、グリディモア公爵令嬢様と和解の運びとなりましたこと、よろしゅうございました。殿下はご自分を恥じておられますが、こうして、婚約者様のお気持ちに寄り添えるお方が、恥ずかしい方のはずがございません」

「そう言って貰えると励みになるよ。なぜ君が私よりも、彼女の現状について詳しかったのかを尋ねたいが……」

「申し訳ありません、殿下。私の口からは。王族としてのご命令であれば、貴族の一員として従いますが」

「いや、学園での出来事に権力を持ち出すつもりはないよ。そんな勝手をすれば、王太子としての資質を疑われる。君も解っていて言っているだろう。侮れぬな、次期ルドラン子爵は」

「恐縮です」

無理に聞き出されず良かった。ゲームでプレイしたから知っているのです、とは言えないのだから。

私達よりも一つ年上となるグリディモア公爵令嬢。彼女は王太子ルートで悪役令嬢になる。

グリディモア公爵に厳しく育てられ、王太子の手となり足となることを徹底的に教育されている。殿下が万が一にも王太子の地位を失うことがないよう、彼から求められたことは完璧に遂行できるようにと。

だからこそ、彼女は常に王太子殿下よりも、優秀でなければならない。

殿下が己を高めれば高める程、グリディモア公爵令嬢は追い詰められ、心の余裕をなくしていく。王太子殿下へ笑顔を向けられなくなる程に。

ゲームでは、そんな時にヒロインが現れて、王太子殿下の心を奪うのだ。

限界状態のグリディモア公爵令嬢が、悪役令嬢のような行動をしてしまうのも仕方ないだろう。それを防ぐことができたのなら、私も嬉しい。

同情するのは、同じ悪役令嬢役のキャラクターとして、仲間意識のようなものを感じているからだろうか。

「エステリーゼには、私の持つ屋敷の一つで、しばらく療養して貰うことにした。それと同時に、グリディモア公爵と見解の齟齬について話し合いを行っている。じっくりとね。エステリーゼへの過剰な教育についても、考えを改めて貰わねばならない。長期戦になりそうだ」

「では……、自主学習への参加はおやめになりますか？」

「それについては参加を希望する。優秀であることに罪はないのだから。是非とも、ブルック公爵令息の見識を拝聴したいが……、彼が今ここに居ないことが残念でならないよ。それで？　君は、彼について何か知っているのかい？」

わずかに喉の渇きを覚えて、唾液を飲み下す。

私は上手くやらなければならない。そうでなければ、シライヤを救い出すことはできないのだから。

「率直に申し上げます。殿下は、私に借りがございます」

「確かに率直だ。貴族とは思えぬ程に飾りがない。脅迫でも始めるつもりかな」

「ご不快に思われたなら謝罪いたします。しかし、事は一刻を争う事態となりました。どうかシライヤを……お助けください」

「……しばし待て」

王太子殿下は、パチンと指を鳴らす。しばらくして、学習スペースの入り口に警備員が立った。よく見かける学園の警備員だと思うが、殿下の子飼いだったのだろうか。

「人払いは済んだ。事情を話せ。飾る言葉など必要ない」

言いながら、殿下は脚を組んで背もたれへ体重を預ける。

優雅な姿勢を崩さない王太子殿下の面影など、どこにもない。表情からは柔らかなものが消えて、鋭さの方が強くなった。年相応の男の子。という表現の方が近いだろうか。

私は一度深呼吸をしてから、貴族の形式張った言葉を忘れがちになるのも構わず、状況を説明した。

シライヤと私の関係、ブルック公爵から求められた見合いのこと、シライヤはおそらく、ブルック公爵に監禁されているか、動けない状態にされていること。

一刻も早く彼の無事を確認し、保護したいのだということも。

「ブルック公爵は、己の欲望に忠実すぎるところがある。シライヤが庶子として冷遇されているのは、火を見るより明らかであるし、それを踏まえて君の話を聞く限り、信憑性のある推測だな。だが、今回の借りを使って、ブルック公爵からシライヤを奪還しろというのは、少々厚かましい願いだ。四大公爵の一人を敵に回すリスクを負ってまで、お前達を助けろと？　それ程の価値がある人間だったか？　どちらを切り捨てた方が得であるかなど、考えるまでもない」

殿下の声色は、どこまでも冷たく刺すようだ。

助ける価値もないと面と向かって言われたことに傷つきはしたが、この程度で負けるようでは、次期当主は務まらない。

これは領地経営と同じだ。リスクは最小限に、相手に利益があると思わせなければ、商談は上手くいかない。

「わずかの投資で、価値のある人間を生み出すことができると言えば、殿下の興味を引けるでしょうか。もちろん、どちらに転んでも殿下への損害は限りなくゼロに近い状態で」

「口上が詐欺師のようだが、借りを返すつもりで、真面目に話を聞いてもいい」

「ここで借りを使ってしまうのですか……」

「そもそも君への借りというのも、わずかな助言だけだったと記憶しているが？」

ふっと笑みを向けられたが、それも挑戦的な鋭さを放っている。甘いマスクが特徴の王子様とは、いったい誰が言ったんだったか。

あぁ、それはゲームのキャラクター紹介だった。

「そうですね。多くは望みません。検討していただけることを、ありがたく思います。殿下は、ルドラン子爵領で、大きく収益を上げているものが何かご存じでしょうか」

「養蜂と、炭酸ガスによる温泉だったか？」

「はい。それらには密接な関係があり――」

殿下と話し合いを終えた日から十日が経過した今日、私は殿下と共にブルック公爵家で出迎えられていた。

「王太子殿下がいらっしゃると知っていれば、手厚くもてなしましたものを。至らぬ出迎えで申し訳ない」

「出迎えは必要ない。長居するつもりで来た訳ではないからね。道中、ルドラン子爵令嬢の馬車が脱輪しているのに遭遇し、同じ学園に通う友人のよしみで、ここまで送り届けただけのこと」

「ああ、それで王城の馬車で……」

この日、私は王太子殿下の使用する馬車で公爵家へ乗り付けた。仰々しい近衛騎士達を多く引き連れたこの一行の到着に、ブルック公爵は警戒心を露わにして、自ら屋敷の外まで足を運んできたのだ。

シライヤのこともある。私が殿下に助けを求めたのではとの考えが過ぎっただろうが、殿下がすぐに帰ると知ると、幾分安堵した顔を見せた。

「しかし、令嬢お一人ですかな？　本日はルドラン子爵と共に、婚約の話し合いをする為の訪問だったはずだが」

「ブルック公爵様、本日はお屋敷にお招きいただきありがとうございます。父も共に参じる予定ではありましたが、脱輪の際に怪我を負ってしまい、現在治療を施しております」

「それはご不幸なことだったな。怪我は酷いのか？」

「いいえ、適切に治療を施せば、数日で歩けるようになる程度のものでございます。ただ、本日こちらに赴くのは無理があり、早馬でご連絡をしようかとも思いましたが、殿下の馬車に拾われましたのと、距離的に私が直接参った方が、謝罪と状況をいち早くお伝えできると判断いたしました」

「そうか。何、今日は息子との顔合わせが本題なのだから、令嬢一人でも問題はない。是非、屋敷に入ってゆっくり休んでいくといい。帰りの馬車はこちらで手配しよう」

まるで人がいいように言う公爵だが、小娘一人が相手の方が、有利に婚約の話を進められるとでも思ったのか打算の働いた笑みを浮かべている。

　顔を合わせるのは今日が初めてだが、シライヤの実父だからと言って手加減をしてやる必要はなさそうだ。

　必ずこの男に、報いを受けさせなければならない。

「殿下も上がって行かれますかな？」

「いや、世話になるのは悪い。だが、もう一人の友人であるシライヤ殿へ挨拶ができれば嬉しく思う。最近、学園で見かけないようだしな」

「……は、あの愚息と友人で……？　申し訳ないのですが、アレは今日も遊び歩いているようで、私共にも居場所が解らんのです。大方質の悪い者達とつるんで、下町にでもいるのでしょう。あまりに酷いようならば、除籍を考えねばと思っている次第で。高貴なお方に目をかけていただけるような者ではございませんよ」

「ふむ……。屋敷にはいないのか。残念だが、それならば仕方ない。私は失礼しよう」

　殿下がシライヤに会いたいと言ったことで、公爵は再び顔を曇らせたが、疑うことなく帰ろうとする殿下を見て警戒を解いたように笑う。

　小娘に加えて、王太子とはいえ小僧を相手にするのは、なんとたやすいことだろうとでも考えているのなら、滑稽で笑えてくる。

　今この時、致命的なミスを犯したことにも気づかずに。

「ではな、ルドラン子爵令嬢。また学園で」

「はい、殿下。ご厚情を賜りましたこと、拝謝いたします。本日のことは改めて、父と——」

カーテシーと共に口上を述べていると、ザワリと近衛が騒がしくなった。

「殿下！　お伏せください！」

切迫した声を上げながら、近衛の一人が自分の上着を王太子殿下に被せて、地面へ伏せさせる。

そしてすぐ後に聞こえてくるのは、大きな虫の羽音だ。

「ひっ、な、なんだ！　蜂!?　蜂が……！　大群で!?」

ぎょっと身をすくめたブルック公爵は、その羽音の正体に気づいて更に恐怖を露わにした。一匹や二匹ではなく、ミツバチの大群。

それはもう、養蜂箱を二つは持参でもしたような……。

「皆様！　すぐにお屋敷へ！　ミツバチの毒性は弱いですが、大群となれば危険です！早く避難を！」

私も救助活動へ加わり、殿下と近衛隊の皆様を屋敷へと誘導する。

ブルック公爵も慌てて屋敷へと退散し、全ての者達が屋敷内へ入ったところで扉が閉められた。

「なんなんだ、なぜこの屋敷に蜂なんぞがいるんだ⁉　今まで一度だって、見たことなどないというのに！」

ブルック公爵は、狼狽えながら不安そうに窓の外を窺っている。私にとって、越冬時期でもないミツバチは温厚で可愛らしい生き物だが、見慣れない人間にとっては恐怖の対象となるのだろう。

「蜂とは、引っ越しを繰り返す習性を持った生き物ですから。今までこなかったとしても、今年はくるという可能性が大いにあるものですよ。しかし、これでは外へ行けませんね。蜂の大群が落ち着くまで、こちらのお屋敷で殿下をお護りしなければ」

「ということだ、公爵。すまないが、部屋を用意して貰えるかな。世話になるよ」

ブルック公爵は一瞬、不服そうな顔つきで私達を見やったが、すぐに頷いて続けた。

「も、もちろんですとも。では応接間へ。茶を用意させましょう」

殿下と数人の近衛、そしてブルック公爵と私で応接間へ向かうと、あまり時間を置かずにもう一人の参加者が現れる。

「このような時ではありますがご紹介しましょう。我が家の次男、ディランです。ディラン、王太子殿下と、シンシア・ルドラン子爵令嬢へご挨拶を」

「殿下！　お久しぶりでございます！　幼き頃に、殿下とは親しくさせていただきまして

……」

「あぁ、幼い頃に、交友会で二言程話したね。元気そうで何よりだ、ディラン・ブルック公爵令息」

「覚えていてくださいましたか！　俺も殿下との想い出は、一度たりとも忘れたことはありませんとも！　俺と殿下は、幼なじみということになるのでしょうか。いかがです、幼なじみのよしみで、今度遠乗りにでも！　我が家の自慢の馬も是非ご紹介したく！　ご予定をお知らせくだされば、俺が合わせますので！」

「……ふ。考えておく」

「ありがとうございます！　いやぁ、楽しみですね！」

殿下は小さく笑いを零しながら応えた形になるが、どう見ても嘲笑だろうに。

自分に自信があるからか、まったく気づきもしないようだ。ブルック公爵の方は、笑顔を引きつらせているので、自分の息子が空気を読めていないことに気づいているのだろう。

「で、そっちがシンシアか。ふうん。まぁ顔は悪くない。可愛らしさはないがな」

前から私へ想いを寄せていたという設定は忘れてしまったのだろうか。初めて見るという反応を隠しもせずに、私へ値踏みする視線を寄越した。

「お初にお目にかかります、ディラン・ブルック公爵令息。ルドラン子爵が長女、シンシアでございます。お見知りおきを」

既にソファへ腰を落ち着けていたが、再び立ち上がりカーテシーを披露する。

シライヤに虐待を働く兄の一人だと知っている以上、礼など尽くしたくはないが、今はしかたない。

「さっき使用人から聞いたが、殿下とは友人だそうだな。子爵なんて爵位が低すぎて公爵令息の妻に相応しくないと思っていたが、殿下の友人であるなら一考の余地はある。それに子爵領は経営が上向きだと聞くし、公爵令息としての俺に必要な生活の質も確保できそうだ。婚約の件、考えてやってもいいぞ」

貰うか決めるのは、こちらの方なのだが。絶対にお断りだけれど。

「ご冗談がお上手なのですね」

ニコリと笑って返せば、ディランは意味が解らなそうに「はぁ?」と漏らした。

「成る程、冗談か。おもしろいね、君」

殿下も何やら悪ノリしてきた。ディランはなんのことか解っていないだろうが、満更でもなさそうに「え?　そうですか?　あはは、俺って冗談も上手くて」とか言い出している。

「ディラン!　い、いいからもう座りなさい!　あぁ、ええと、そうですな。本日は王太子殿下がいらしていることだし、婚約の話は後日改めてにしよう。大切な話なのだから、ルドラン子爵も交えた方がいいだろうし。さあ、君もかけなさいシンシア嬢。今、美味しいケーキを用意させているからな」

殿下がいる手前、ブルック公爵の方も下手に出るしかないのだろう。あんなむちゃくちゃな見合いの打診をしてきた男とは思えない程に、引き際がいい。

訳が解らないと不思議そうな顔をしたまま、ディランが腰を落ち着けるのに合わせて、私もスカートを持ち上げて座り直した。その時に、スカートの装飾に縫い付けられた、少し凝った結び方のリボンが解けてしまったが、男性ばかりのこの部屋では気にする者もいない。

そうして、公爵が次の言葉を発する前に、無視できない羽音が部屋に鳴り響く。ブンブンと。

「殿下！　身を低く！」

最初に動いたのは、先程と同じ近衛で、彼は外の時と同じく、上着を被せて殿下を護ろうと動く。

「ひい！　また蜂！」

「うわあ！　なんだよこいつ！」

どちらがどちらの悲鳴やら。どっちでもいい。

「皆様、とりあえず廊下へ！」

私の誘導で全員が廊下へ避難すると、近衛達がバタバタと騒がしくなった。

そして慌ただしくする近衛の一人は、ブルック公爵へ高らかに宣言をする。

「王太子殿下の御身をお護りする為、今から我々近衛騎士が屋敷内の捜索をし、蜂が入り込む隙間を全て埋めてまわります。貴族として、尊き王族をお護りする為、ご協力を願います！」

「は⁉　待て！　な、何を勝手な！　屋敷内を捜索なんて、そんなこと！」

驚いて言い返すブルック公爵だが、既に近衛達は散り散りになり捜索を開始している。

「待てと言っている！　私の屋敷だ！　勝手な真似は許さんぞ！」

「父上、いいではないですか！　あんな凶暴な虫に、これ以上入ってこられたらたまらない！　近衛達に任せてしまいましょう！」

「馬鹿！　お前は！　解らないのか！　くそ！　こんな……っ」

愚かな息子を持つと苦労するようだ。ブルック公爵は顔色を赤や青に変えながら、散った近衛をどう呼び戻すか悩み頭を抱えている。

「驚いたな。どうやら公爵には、私を護ろうという気持ちがないようだ」

頭から近衛の上着を被ったまま、殿下が言う。

上着の中で腕を組み、覗く青い瞳は鋭く冷たい。あれは無価値な者を見る時の目。既に一度向けられたことのある視線だ。

「そんな！　そんなことは！　しかし、屋敷内を勝手に見て回られては……っ」

「見られて、困るものでもあると？　何も引き出しを開けてまわると言った訳ではない。

全ての部屋を確認し、蜂が入り込まないように対処するというだけの話。それだというのに、公爵は私の身の安全を放棄してでも、近衛のすることを止めようと言うのか」

「違います！　決して殿下を蔑ろにした訳では！　ああ、しかし……。い……いや、ま、待て。待てよ……。蜂……？　蜂だと？」

ハッと何かに気づいたかのようにブルック公爵は、そのまま視線を私に向けた。そして、みるみる顔を怒りに染めていく。

「き、きさ、貴様……っ。まさか、まさかこの私を、謀ったのか……っ！」

真実に気づきつつあるブルック公爵へ向けて、微笑んで言葉を返した。

「ご冗談がお上手ですね」

「この！　小娘……っ」

その時、近衛の一人が大きく声を上げる。

「屋根裏に被害者と見られる銀髪の男性を発見！　鎖に繋がれており、軽度の脱水症状が見られますが、命に別状はありません！」

近衛の報告を聞き、殿下は被っていた上着をバサリと取り去った。

「そういえば、公爵は知っていたかな。王族へ虚偽の発言をすることは罪になると。たしかシライヤ殿は、この屋敷に不在であると言ったたな」

「ぐううう！　くそおおお！」

「えっ！　まずいじゃないですか！　父上！　どうするんですか！」

悔しがるブルック公爵と、やっと慌て始めるディランなど見ている場合ではない。

「シライヤ！」

私は弾かれたように駆け出した。階段を上るのにヒールが邪魔で、靴を投げ捨てるという令嬢にあるまじき行いをしながら。

一気に階段を駆け上がって、近衛達が群がる屋根裏へ突入する。

丁度鎖を外されたところのようで、シライヤは近衛の肩を借りて立ち上がろうとしていた。

彼へ飛びついて、少し痩せたように見える身体を抱きしめる。

「シライヤ！　良かった！　生きていてくれて！　本当に良かった！」

「シンシア……。まさか、貴女が助けてくれたのか」

シライヤの、衰弱した弱々しくも驚く声が聞こえた後、彼は何かに気づいたように息を呑んで私から離れようとした。

「シンシア……、は、離れてくれ。その、もう何日も、身体を洗っていなくて。貴女を汚したくないし、こんなみっともない姿……、見られたら」

「私に見られたら、なんだと言うのです？　嫌いになんて、なる訳ないじゃないですか。逆の立場なら、シライヤだってこうして心配してくれるくせに」

「それは……」

「帰りましょうシライヤ。こんなところ、シライヤの居場所ではないのですから。貴方の帰るところは、私のいるところ。一緒に帰りますよ、シライヤ」

「……あぁ」

離れようとしていた身体を私へ寄せたシライヤは、ポロポロと涙を零しながら私を見つめた。

もう彼は、私に泣き顔を隠そうとはしない。私はそれが、とても嬉しいのだ。

「綺麗な涙ね」

10話 君に愛されて幸せ

「私が洗って差し上げたかったのに……」

「止めてくれ、シンシア……」

すっかり洗われて綺麗になったシライヤは、現在ルドラン子爵家にある屋敷の一室で、清潔なベッドの中に埋まっている。

彼の健康状態を調べていた医者は既に引き揚げた後で、事情聴取の騎士団は明日来る予定だ。

「それよりシンシア。ご両親にご挨拶をしなければ……。こんな事態に、大事な娘さんを巻き込んで、こうしてベッドまで用意して貰って……」

「シライヤ、それについては、少なくとも今日一日は考えないでください。両親も、明日までシライヤに顔を見せないようにすると言っていました。貴方を避けてのことではなく、体調を慮ってのことです。ゆっくり休んでください」

「そうか……。すまない。ありがとう」

それと、この後は私へのお説教タイムがあるので、シライヤと話す時間がないというのも理由の一つだったがそれは言わないでおこう。

シライヤ奪還作戦は、私が個人的に行ったのだから。そう、個人的にだ。殿下は何も関与していない。ただたまたま、居合わせたというだけの話。

「本当は私も、引き揚げた方がよろしいかと思いますが。……あと少しだけ、いてはいけませんか？」

「いてくれ、シンシア。俺の方から頼む。ずっと君の声が聞きたかった。もう、こうして話せなくなるのではないかと、恐ろしかった」

「シライヤ……」

添い寝でもするように彼の隣に寝そべって、キラキラと輝く銀髪を撫でる。

「大丈夫ですよ、シライヤ。貴方がどこにいたって、私が助けに行きます」

「……格好いいな、シンシアは。監禁されている間、星に願っていたんだ。もう一度貴女に会いたいと。願いが叶った」

「夜空の星に願うだなんて、ロマンチックですね」

「いや、こっちの星だよ」

シライヤの指先が触れたのは、耳に輝く星。この揃いの星が、彼の心を支え続けてくれたのだ。良かった。シライヤが完全な孤独でなくて、本当に良かった。

「だけど、どうやったんだ。屋根裏の扉をこじ開けた騎士達は、近衛騎士だったろう？

たとえ王太子殿下だろうと、公爵の屋敷を勝手に捜索することは許されない。俺への虐待が明らかになったところで、同情の色を見せる貴族は少ない。それよりも、貴族の屋敷を予告もなく捜索したことを、批難する声が大きくなるだろう。今回の一件で殿下から派閥が離れれば、王太子の地位も危うくなる。殿下がそれを認識していないはずは……」

「大丈夫なのです、シライヤ。だって王太子殿下はミツバチの大群から逃げていただけなのですから」

　私の言葉に、シライヤの目が大きく見開く。きょとんとした顔は、大人っぽいはずの顔をあどけなくして可愛らしい。

「ミツバチの……、大群から？　そんな、都合のいい理由……」

「近衛騎士や、公爵家の使用人。証人は沢山いますから。それに、王太子殿下は今回の件で、四大公爵のうち、二つの公爵家から絶対的な支持を得ることになります。そうなれば、殿下の地位は盤石のものとなり、王位を継ぐ日まで継承権争いに煩わされることもないでしょう」

「二つ？　婚約者の生家であるグリディモア公爵家は解るが、あともう一つは？」

「もちろん、ブルック公爵家ですよ」

　シライヤの形のいい眉が、片方ずつ高さを変えた。彼の色々な表情を見られて楽しいが、この後は更に顔色を変えるだろう。

「それは……、父を脅すのか？」

「いいえ、近衛騎士団に捕縛され、王国騎士団に引きわたされた以上、現ブルック公爵の断罪は免れません。親族への虐待だけでは少し弱かったのですが、ブルック公爵は殿下へ虚偽の発言をしました。すみやかに公爵の地位を剝奪され、直系から順に次の公爵が選ばれることになります。ついでに、ブルック公爵夫人も監禁と暴力に荷担していたとみなされましたので、既に騎士団が捕縛しました。ゆえに、夫人が代理公爵を務めることはありません。爵位はまず長男へ。しかし彼はすぐに実力不足を指摘され、その時点で調査官が入り次男も同様の評価を下された後、ブルック公爵家の当主は貴方になります。シライヤ」

「……は、……え？」

理解にしばらく時間をかけたシライヤは、ベッドから蒼白な顔で飛び起きた。

「冗談だろう⁉　俺が公爵⁉　そんな、ありえな……」

「ありえなくありません。シライヤはブルック公爵家の三男として、正式に貴族名鑑に登録されていますし、正統な直系の血統を持っています」

「俺だってすぐに実力不足だとして、後継者から外される。そうなれば、親戚から相応しい者が選ばれて……」

「シライヤが実力不足と判断されることはありません。学園での成績に加えて、貴方は既に公爵領の経営に携わっているのですから」

私の断言に、シライヤはもう一度驚きを見せた。

「どうして、それを……」

「シライヤが学園へ登校しなくなって、私はブルック公爵家のあらゆることを調べました。そうして、ブルック公爵家が携わる書類の筆跡に違和感があることに気づいたのです。現公爵と、公爵の補佐をしている長男の書類は、どちらも同じ筆跡であったのですから。そしてそれは、シライヤが私へ贈ってくれた、あのノートの筆跡とも一致しました。これは既に王城の筆跡鑑定へ提出しているので、時機を見て結果が公表される手筈となっています。そうなれば、長男に領地経営の能力はなく、虐待により無理やり働かされていた三男には能力があると調査官の報告が上がります。最終的な決定を下すのは陛下ですが、調査官の報告が無視されることはまずありえません。シライヤが公爵となる未来は、既に決定事項なのです」

魂でも抜けてしまったように、シライヤは呆然とシーツの上に座り込んでいた。

私がシライヤの筆跡で書かれた、ブルック公爵のサイン入りの提出書類を見つけた時、どれだけ嬉しかったか。

シライヤが生きていることが確実となり、そして、彼がすぐに殺されるようなことはないと解ったのだから。

一度怠けることを覚えたブルック公爵が、シライヤという優秀な働き手を手放すはずはない。彼は欲望に忠実な男なのだ。

そしてそれは図らずも、シライヤの監禁場所を示す手がかりにもなった。王太子殿下が作成した、本日中に提出を求める緊急の報告書をブルック公爵家へ送れば、書き上げられた報告書は公爵家から直接早馬に預けられたのだ。もちろん、シライヤの筆跡の物が。

シライヤが公爵家にいるとさえ解れば、後はミツバチ作戦が遂行されるだけ。

ルドラン子爵領の名産物である蜂蜜。

その蜂蜜を作るミツバチの養蜂箱を王太子殿下の仰々しい馬車の後ろに隠した。

養蜂箱の中で警戒音を出されてしまうと、ブルック公爵に気づかれてしまう可能性もある為、ミツバチ達は我が領の天然資源である炭酸ガスで眠らせておいた。

温厚なミツバチとはいえ、過度な警戒心を与えれば、人を襲う確率も上がるので、これは必要なこと。殿下を本当に危険な目に遭わせる訳には、いかないのだから。

殿下は、「一度くらい刺されてみてもいい」とか、わんぱく小僧のようなことを言っていたが、それは無視しておいた。

ガスの量を調節して、ミツバチ達をベストのタイミングで覚醒させる程度のこと、ルドラン子爵領の養蜂家ならお手の物。

実際にガスを使って、ミツバチの捕獲や分蜂を行うのは、彼らの通常業務の一つなのだから。

ちなみに、ミツバチが現れる度に殿下を真っ先に護っていたのは、近衛に扮した我が領の養蜂家である。「お嬢の為なら一肌脱ぎますぜ」と言ってくれる、気概のある筋肉質な養蜂家だ。近衛の制服がなかなかに似合っていた。それとお嬢というのは、私のことだ。

室内に現れたミツバチは、私のスカートに縫い付けられたリボンの中に閉じ込めておいた一匹。

例の養蜂家が、全て終わった後に外へ逃がしておいたと言っていたので、今頃はブルック公爵の屋敷で花壇を見つけて、花蜜を集めているところだろうか。

養蜂箱は、ミツバチ達が帰った後の夜に回収され、ルドラン子爵領へ戻ってくる。大役を務めてくれたミツバチ達に、美味しい花壇を沢山作ってあげたい。

殿下を護ってくれた養蜂家の彼への礼は何がいいだろうか。報酬とは別に、プロテイン一生分とか……。確かゲームのアイテムにプロテインがあったので、どこかには売っているはず。

「だが……、俺が公爵になれば、ルドラン子爵の婿にはなれない。そんなのは、とても受け入れられない。シンシアと結婚できないなんて、絶対に嫌だ」

私がしばし考えに耽っている間、シライヤは混乱する頭をなんとか整理したようで、呆然とするのをやめて意志強くそう言った。

「はい、私も嫌です。ですので、私はブルック公爵夫人となり、お父様には引退予定を先に延ばしていただきます。シライヤと私は子どもを二人以上つくり、それぞれに公爵家と子爵家を継がせるというのが、現段階での理想となります」

「待ってくれ、それだとシンシアは子爵になれないじゃないか。ずっと当主になることを目指してきたんだろう？」

「当主を目指したのではありません。大事な子爵領を、この手で護りたかっただけです。それは公爵夫人となっても叶えることが可能ですし、父の手助けは積極的に行っていくつもりです。むしろ両親には委任状を書いていただき、私が領地経営をしてもいいと考えています。親孝行して、楽をさせてあげたいですしね」

「では……、本当に俺が公爵に……」

「王太子派のグリディモア公爵家とは連携が取れますし、私とルドラン子爵家もシライヤを支えます。既に公爵領の業務をこなしているシライヤであれば、現場の混乱もなく迎え入れられるでしょう。一つ難点を挙げるならば、子爵令嬢が公爵夫人になるというのが異例だということですが、そもそも学生公爵も異例ですし。王太子殿下からの口添えもありますので、強行は可能でしょう。シライヤ、不遇の時代は終わったのです。今まで一人で、よく頑張りましたね」

ベッドから起き上がってしまったシライヤを引き寄せ、再び彼を横にならせた。

今日は休ませる為に、あまり多くを話さないことも考えたが、憂いを取り除いた方が眠れるかもしれないと思ったのだ。

どちらに転ぶかは、賭けでしかないが。

「……公爵領の業務は、学園入学前から押しつけられていたんだ」

ぽそりと話すシライヤの言葉。

慰めの言葉を挟もうかと思ったが、彼がまだ話したそうにしていたので、静かに頷くだけにした。

「大変ではあったが嫌ではなかった。やっと公爵家で、俺が必要とされた気がして。家族に、大切にして貰えるのではないかと思って。しかし、家族が俺へ向ける態度は変わらず、むしろ悪化したようにも見えた。学園に入学した後は、優秀な成績を修めれば、父が俺を誇ってくれるのではないかと努力した。だが、父が俺を顧みることは一度もなく、シンシアとの婚約まで認めて貰えないことに限界を感じて、初めて父に声を荒らげて抗議した。それが父の怒りを買い、鎖に繋がれて、己の立場を自覚しろと、いずれ除籍して一生奴隷として働かせてやると言われた」

聞きながら、奥歯を噛みしめてしまう。シライヤの悔しさが伝わるようで。

それとも、私自身が悔しく感じているのだろうか。愛しい人を、長年苦しめていた事実を知ったのだから。

最初の婚約の時、エディではなくシライヤを選んでいたら、何か変わっていただろうか。そのチャンスはあったのに、掴まなかったことが悔しい。

「こんな扱いをするくらいなら、なぜ俺をブルック公爵家へ迎えたのか。少なからず親子の情を感じてくれたからではないのかと尋ねた。だが、父は一笑して言った。俺を息子として迎えれば、お気に入りの美しいメイドは逃げ出さないと思ったと。しかし母は迷うことなく子を置いて逃げ出し、お前はとんだ期待外れだったと。父に認めて貰おうなんて、初めから無駄な努力だったんだ。そんなにずっと前から、俺は父に失望されていたんだから」

「あんな男に認められる必要はありません。あの男は、シライヤの父親として失格です。シライヤの家族を名乗るのも烏滸がましい。貴方の家族は、私です。他の者など認めない」

「そうだな……。認めてやらないのは、こちらの方。もはや父親だとは思わない。俺は俺の家族を護る為に、彼等を人生から切り捨てる」

「その調子です、シライヤ」

シライヤの頭を胸に抱えるようにして抱きしめると、彼は恥ずかしがることもなく身を寄せて抱き返してくる。

「君に愛されて幸せだ、シンシア。俺はこんなに幸せ者でいいのか」

「こんなものではありませんよ。もっと幸せにしてさしあげます。楽しみにしていてください、シライヤ」

やがてシライヤの、穏（おだ）やかな寝息（ねいき）が聞こえてきた。

11話 ルドラン子爵家での幸せな日々

父と母にたっぷりとお説教を受けた私は、くたびれながらフラフラと屋敷の廊下を歩いていた。

両親に叱られると解ってはいたが、万が一計画が失敗して責任を取らなければならなくなった時、二人をできるだけ巻き込まない為には、私の独断で行動するしかなかったのだ。学園も卒業していない私個人の罪であれば、ルドラン子爵家への罰金と、私の修道院送り程度で済む可能性が高いだろう。シライヤを助けたいが、両親も危険に晒したくはない。

こうするしかなかったとはいえ、とても心配してくれた両親を想うと胸が痛む。それでも最後には二人とも、シライヤを無事に助け出せたことを喜んでくれた。

自然と向かってしまったのは、シライヤが泊まっている客室。

夜も更けたこの時刻。シライヤは眠っているだろうと思いつつ、それでも彼と距離を近くしたくて、せめて部屋の前を通り過ぎようとした。

屋敷のカーテンは全て閉じられ、灯りも消され、ランプがなければ足下がよく見えない廊下を進んでいると、一筋の月明かりが差していた。

カーテンが一箇所だけ開けられた窓の前に、青い光を煌々と受けて星空のように輝く銀髪。

「シライヤ？」

「シンシア。どうしたんだ、夜遅く」

絶対に会えないと思っていたのに、こんなに幸運でいいのだろうか。

「私は、両親と少し談笑を。シライヤこそ、どうかしましたか？　窓の外に何か？」

「いや、ただ眠れなくて。つい出てきてしまったんだ。シンシアに会えたから、出てきて正解だった」

「私の方こそ。会えないと思いながらも、ここまで来て正解でした。同じ屋根の下に愛しい人がいるというのは、こんなにも素敵なことなのですね」

青い光に照らされているというのに、シライヤの頰が赤くなったのが解る。私達はいつまでこうやって、甘酸っぱい戯れを楽しむのだろう。シライヤとなら、いつまでだって楽しんでいたい。

「「もし良かったら」」

同時に同じ言葉を紡ぎ合い、私達は小さく笑い合った。

「少し話を」

「もちろんです」

シライヤと同じ光の中に入って、身を寄せ合う。私の持つランプの灯りが、青い月明かりを優しく暖めた。

「話したいことが沢山あります。どれから話しましょうか。迷ってしま――」

ぐううう。と鳴る低い地鳴り。いや、私のお腹の音。

「あぁ……」

絞り出すように羞恥の声を出して俯いた。こんなにロマンチックな夜だというのに、私の胃は遠慮してくれないらしい。

お説教で夕食の時間が取れなかったのだ。空腹を自覚すると、ますますお腹が減る。ぐうぐうと主張する腹の虫を抑えることもできず、シライヤに恥ずかしい音を聞かせ続けていた。

「夕食が足りなかったのか？」

「い、いえ、その。今日は特別にお腹が空いていて」

「この時間では、屋敷の料理人達も帰っているだろうな」

「いいんです！　そのうち収まります！　気にしないで――」

ぐううう。本当に空気を読まない。この虫は。

ふっとシライヤの慈悲深いような息づかいが聞こえて、続けられた言葉は思いもかけないものだった。

「俺が作ろうか」

「え？　……作るって、料理をですか？」

「一通りは作れると思う。公爵家の料理人達に教えて貰ったんだ」

「料理人達に？　シライヤは、調理場に出入りしていたのですか？」

「公爵家の食事に、俺が呼ばれることはないからな。調理場で食事を貰っていたんだ」

「それは……」

　また彼の辛い生活を聞いた気がして、顔が強張ってしまう。しかし彼は緩く首を左右に振って「違うんだ」と言った。

「これは、楽しい思い出。調理場に出入りする者達は皆平民だったから、俺に同情的だったよ。一人の人間として扱ってくれて、よく食べさせてくれた。公爵家で飢えずにすんだのも、彼等が良くしてくれたからだ」

　悲しみが広がりかけた胸に、ぽっと温かいものが灯った。

　良かった。彼にも逃げ場があった。辛いだけの日々ではなかったのだ。

「侍女達にも、酷く扱われたという訳ではなかったと思う。それでも、彼女達は貴族の出だから、生まれの解らない子をあまり良く思わなかっただろう。率先して俺の世話をすることもないが、だからと言って平民のメイドや使用人達が、俺の世話を焼いているのを咎めもしなかった。だから、きっとシンシアが心配してくれているよりも、快適に暮らせていたと思う」

「そうなのですね。では、シライヤの身体がこんなに逞しく育ったのも、調理場の者達のおかげですね。いい人達なのでしょう。いつか私もご挨拶がしたいです」

「そうだな。いずれシンシアが公爵夫人となるのだし、皆を紹介したいよ」

「ふふ。楽しみです。皆様にご挨拶できる日もシライヤの妻になれる日も」

「シンシア……。俺もだよ。早くシンシアの――」

ぐううう。

きっとシライヤは、私に素敵な言葉を与えてくれるところだったのに。

「……早く、シンシアに食事を用意しないとな」

「おねがいします……」

消え入りそうな程情けない私の声の後、二人分の足音は厨房へ向かった。

✦

「凄いな。公爵家の食料庫より充実しているよ。これならなんだって作れる」

「我が領の蜂蜜を生かすメニューの考案も、ここで行っているのです。食材の豊富さには自信がありますよ。どんな食事を作っていただけるのか、楽しみです」

シライヤの料理とは、どんなものだろうか。優秀な彼のことだ。パイくらいサッと作ってしまうかもしれない。

そういえば私も前世を思い出したことで、料理の仕方を思い出していた。

パイの作り方は知らないけれど、簡単な家庭料理なら作れる気がする。

乙女ゲームの世界だけあって、食材や料理も前世と酷似しているから、調理法が違うということもないだろう。

たまにこうして、お互いに料理を作り合ってみても楽しいかもしれない。

調理場にある簡易のテーブル席へ着いて、つらつらと色々なことを考えているうちに、シライヤは手際よく調理を進めていく。

これは……想像していたよりも上手いかもしれない。

唖然とシライヤの動きを眺めていると、一皿が私の前に差し出された。

「アミューズだ」

「ア、アミューズ……」

「食前酒は出せないが、美味しそうなリンゴがあったからリンゴジュースを出すよ」

搾りたて濃厚リンゴジュースに、アスパラガスのソテーの上へガーリックとマッシュルーム、それにクラッカーを細かく砕いてトッピングしたオランデーズソースがかけられている。オランダという国がないのに、オランデーズとはなんぞやという疑問を、乙女ゲームの世界で持ってはいけない。

「凄いです……。プロのコックにも匹敵するではありませんか」

「食材が豊富にあったからだ。すぐに調理しやすいよう、細かく刻まれたものも多いし、一から作るよりずっと楽にできた。次はオードブルを出すから、ゆっくり食べていてくれ」

そう言い終わるや、カトラリーまで完璧にセットされ、簡易テーブルでいただくのが恐れ多い程。

それでも空腹には勝てず、場所を移動する時間も惜しんで一口目を味わう。

「……！」

声も出ない程に美味しい。匹敵するどころか、今すぐにプロのコックとして仕事を始められそうではないか。

シライヤという人間の才能の豊かさに感服してしまう。彼に苦手なことや欠点なんてあるのだろうか。

あっという間にソテーを食べ終わり、美味しかったと伝えようとした時、サッと皿が片付けられ、オードブルが差し出される。

薄くスライスされた大根の上に、彩り豊かな食材が一つ一つ乗せられ、周りを囲むように装飾された葉野菜と根菜。見た目も楽しければ、味も当然のように美味しい。

　そうやって全てを平らげれば次の皿が現れるのを繰り返し、最後の皿だとデセールを差し出された。

「マドレーヌですね！　美味しそう！」

「あぁ、待ってくれ。これをかけると、もっと美味しいんだ」

　このままでも十分美味しそうだが、シライヤは調理台を探り始める。蜂蜜をかけるのだろうか？　それともクリーム？　なんだって、シライヤが作る物なら美味しいに違いない。

　ワクワクと胸を躍らせて待っていると、シライヤの手には黒い調味料入れが。

　その入れ物に見覚えがあって、私の頭が一瞬真っ白になった。記憶違いかもしれない。だってそんなはずはない。マドレーヌにそれをかけるなんて。

「こういう菓子は甘すぎるだろう？　だからこれをかけて、刺激を足すんだ。俺はこれが好きで、菓子以外にもよくかけてしまうが」

　パカッと開いたその中には、赤い粉末。唐辛子を細かく砕いたそれに、私の口端がひくっと上がる。

「シ、シライヤ……。それは、少々刺激が強すぎでは……」

　全てを言い切る前に、マドレーヌの上に赤い雪がたっぷりと積もった。

　流石にこれは無理だと伝える為、シライヤへ視線を向けたが、彼は頬を染めて私を愛しそうに見つめ「召し上がれ」と甘い声で囁く。

断れる訳がない。

愛しい人に、こんなに愛情深く囁かれて断れるものか。

「い、た、だき、ます」

ここまであれ程の完璧な料理を披露してくれたシライヤだ。これだって、私が想像する味とは違って、とても美味しいのかもしれない。

一縷の望みをかけて、マドレーヌを口に含む。

ごおおっと口から火が噴いた……ような錯覚に陥りながら、火の塊を必死に胃へ流し込む。すぐさまリンゴジュースを飲み干すと、シライヤは嬉しそうに笑っておかわりのジュースを注いでくれる。

「甘いマドレーヌに、酸味のあるリンゴジュースはよく合うものな。まだあるから、沢山おかわりしてくれ」

甘い……？

この場にある甘味は、貴方の微笑みと囁きだけなのですが。と反論する言葉を飲み込んで「ええ、とても美味しいです」と笑みを貼り付け言葉を返す。

「良かった。マドレーヌも残っているから、もう一つ」

「いえ！　十分お腹は満たされましたので！」

シライヤの言葉が終わらないうちに被せるように言うと、彼はパチパチと瞬いて取りかけていたマドレーヌを元に戻した。

「そうか。それなら良かった」

　このマドレーヌが、二口程度で完食できる大きさで良かった。もう一口をシライヤへの愛だけで飲み込み、再度火を噴いた……ような気がする。

✦

「こちらですよ、シライヤ」

　ヒリヒリとする唇は無視して、シライヤの手を引き来たのは屋敷の図書室だ。ランプの灯りだけで奥へと進み、いいクッションのある長椅子まで彼を連れて行く。太い柱の間に挟まれるようになっているそこは、私のお気に入りの場所。

「子どもの頃は、ここを秘密基地にしていたんです」

「秘密基地？」

「作りませんでしたか？　自分だけの特別な場所を」

「自分だけの……。どうかな、覚えがないが。自分だけの特別な場所なら、俺を連れてきてはいけなかったのでは」

柱に設置されているランプ掛けにランプを吊し、少し行儀が悪いが足を上げてシライヤと向き合うように座る。

「いいのです。私だけの場所だったところが、二人の場所に変わっていくのは、幸せなことですから」

「そうか……」

シライヤも心から喜ぶように微笑んでくれる。私達はこうして、これからも二人の場所を増やしていくのだろう。

「もう一つ、秘密を教えちゃいます。長椅子の背もたれの裏に物入れがついているんですが、ここに私のお気に入りの本が入っています」

背もたれを探り、分厚い小説を取り出した。

「恋愛小説なのですが、シライヤはこういった本を読まれますか？」

「いや、俺が読む本といえば、参考書だとか教科書だとか。学ぶ為の実用書ばかりだな。恋愛には興味がなかった。なかったが……」

「なかったが？」

「今は、興味がある。少しでも、恋愛について知りたいと思う」

祈るような言葉と真剣な瞳を向けられて、トクトクと胸が脈打ち熱さを増していく。

「シライヤにとっては、これも参考書になってしまいますね」

笑いを漏らしながら言えば、「違いない」と苦笑するシライヤ。

「シンシアの愛の形を知りたい」

シライヤは片方の手をついて、私との距離を近くした。私も彼へ寄り添って、小説を開く。

「では、一緒に読みましょう」

寝物語を聞かせるように、シライヤへ優しいだけの声を贈りながら読み進める。

途中、この小説の舞台があるから見に行こうだとか、続刊が出る日は書店に行くついでに街でデートをしようだとか。言葉の寄り道をしながら、同じ世界に二人で入り込んでいった。そしていつしか……私達は眠りの世界へ落ちてしまった。

きっと見る夢は別々だったけれど、温もりはずっと隣にいてくれた。耳につけた輝く星のように、煌めく星々が朝日に溶け込むまでずっと。

✦

人の温もりだけではない温かさに、ふと瞼が開く。

長椅子に腰掛けていたのは、シライヤと私。そして私達を挟むように、両親の姿があった。

私以外の三人はまだ眠っていて、シライヤと私にはそれぞれ毛布がかけられていた。

毛布の温かさは、そのまま両親の愛情のようで。それがシライヤにも同じようにかけられているのが、とてつもなく嬉しい。

二人にとって、シライヤが私と同じように愛する息子であれば、私達は本物の家族になれるから。今までだって幸せな家族だったけれど、私達はまた、新しい幸せな家族になるのだ。

まだこの幸福な時を味わっていたくて、私は目を閉じて眠ったふりをした。

私だけの場所が二人の場所になって。二人の場所が四人の場所になる。幸福の増え方は、きっとこういうものなのだろう。

12話 ルドラン子爵家での幸せな日々(シライヤ視点)

目が覚めると、鮮やかな赤に囲まれていた。

朝目覚めて、誰かがそばにいてくれたことなんてなかった。新しい日が始まるその瞬間に、孤独を癒やされることなんてなかった。

染みわたっていく感情は馴染みのないものだったはずなのに、懐かしいような温かさがあって、俺はひとしきり感動を味わっていた。

毛布は、ルドラン子爵夫妻がかけてくれたのだろうか。お二人は冷えていないだろうか。動きたくても、俺の肩に頭を寄せるシンシアを起こしてしまうわけにはいかない。

どうしようかと悩みながら、シンシアの綺麗に整った全てを眺める。

深い愛情に包まれて、丁寧に育てられてきた女の子。

シンシアは俺の輝く銀髪が好きと言ってくれるが、俺から見れば、シンシアの方こそいつだって輝いている。

学園に入学した時初めてシンシアを見て、俺が彼女の婚約者候補として名が挙がらないのは当然だと思った。

キラキラと輝いて芯を持った強さで前を見る彼女の隣に、俺のようなくすんだ男は立てないと納得して、惨めな自分を恥じた。

シンシアの記憶に残ることすら恥ずかしい気がして、過去に婚約を打診した事実を忘れて欲しくて、赤い髪を見かけるたびに伸ばした前髪で顔を隠し、俯いて過ごしてきた。

だから、校舎裏でも俯いてやり過ごそうとしたのに、名を呼ばれ恐怖した。

汚れない彼女に、汚れた俺の名を呼ばせてしまった。輝く彼女に、俺という存在を見せるのが恥ずかしい。

気味の悪い庶子として記憶に残るくらいなら、俺の名も知らぬ程に他人であった方が良かったのに。

冷や汗が出る焦りも、彼女が話したいと言ってくれた瞬間に吹き飛ぶ程嬉しくて、途方もない矛盾した心に混乱した。

今ならなんとなく察することができる。

それが恋というものなんだ。

恥ずかしくて顔を隠してしまうくせに、話したいと言われたら飛び上がる程に嬉しくて。

これが俺の人生で最初の恋慕。

改めて眠る彼女を見つめる。

こんなに魅力的な人が、俺との結婚を望んでくれて、時にはキスをねだってくる。

窒息しそうな激しい愛をぶつけられて、もしかしたら俺の都合のいい妄想なのかもしれないなんて思う暇もない。

「好きだ……、シンシア」

迫り上がった想いがそのまま口に出た。

「ずっと、そばにいて欲しい」

死するその時までずっと。いや、魂が身体から千切れても、ずっと共にいられたら。

願いながらシンシアに視線を送っていると、彼女の可愛い唇がムズムズと動いているのが見えた。

「……起きているのか？」

「寝ています」

即答されたそれが可笑しくて肩を揺らして笑うと、シンシアは諦めたように身体を起こして一緒に笑う。

そうすると、夫妻もそれぞれ起きだした。

「すみません、起こしてしまいましたか」

慌てて謝ると、夫妻は微笑みを返してくれる。

「愛しい息子と娘の笑い声で起きられるなんて、いい朝じゃないか」

「本当に、幸福なこと。毎朝でも子ども達の笑い声で起きたいわ」

息子、子ども。俺をそう扱ってくれるのか。俺はこの幸福な家族の一員になれるのか。

ルドラン子爵夫妻は、にこやかな顔を俺に向けたまま続けた。

「こうなったら、シンシアと結婚することは決定だろう。それならば、私達のことを父と母と呼んでみないか?」

「ええ、そうね。呼んでみてちょうだいな。お義父さん、お義母さんって」

息を呑み、拳を握りしめる。

俺なんかが、シンシアの両親をそう呼んでいいのか。いけないことをするようで、けれど身体が震える程嬉しくて、それはとてもいいことでもあるようで。

「シライヤ」

労るような優しいシンシアの声。固く握っていた拳が彼女の手で丁寧に解されて、そのまま慈しみの言葉がかけられる。

「家族になりましょう」

なりたい。この人達の家族に。

夫妻は同時に立ち上がると、俺の前へ佇む。まるで俺を愛情深く見つめるような眼差しが降り注いだ。

いや、この人達は本当に愛を持って、俺を迎えてくれているのかもしれない。溢れる程の愛を分け与えるのが、この人達ルドラン子爵家なのだから。

赤く燃えるような激しいまでの愛情を持つ幸福な家族の一員に、俺はなりたい。

「……お義父さん、お義母さん」

「「シライヤ」」

夫妻は笑顔で俺の名を呼ぶ。「おとうさん、おかあさん」と呼んで、笑顔を向けてくれる人達がいる。

「お義父さん……っ、お義母さん……っ」

もう一度呼んでしまった俺の声は震えていて、頬を熱いものが伝っていくのが解った。

夫妻は俺の前に膝をついてくれて、「ここにいるよ」「ここにいるわ」と俺の手を取ってくれた。泣いた子が親に慰めて貰う時、こういう感情なのだろうか。

知りもしないくせに、俺はずっとこれが欲しかったのかもしれないと思った。

優しくシンシアの胸に頭を抱かれ、「ずっとそばにいます」と囁かれ。

突然終わりを告げた孤独に感動する余裕もなく、彼女達の海のように溢れる愛情が、胸の深いところにまで沈み馴染んでいくのを、夢中で享受するばかりだった。

「それで、どうしてこんなところで眠っていたんだい？」

お義父さんの質問で、俺達は昨夜のことを簡単に説明した。厨房で勝手なことをしたと謝罪しようかと思った時、お義母さんは明るく楽しそうに言う。

「まあ！　私達も息子の料理が食べたいわ！」

同じようにお義父さんも声を明るくして続ける。

「マドレーヌか！　それはいい！　紅茶にもよく合うだろう」

「マドレーヌでしたら、まだ厨房に残っていますので、すぐにお出しできます。召し上がりますか？」

「嬉しいわ！　朝食までまだ時間があるし、一ついただこうかしら」

「では皆で食堂へ行こうか。いい茶葉を出すよう言っておこう！」

「解りました。俺はマドレーヌを取ってきます。かけると美味しいものがあるので、仕上げをしてお出しします」

お二人にも喜んで貰えたら嬉しい。自分の為だけに作っていた料理が、これからは家族を喜ばせる為に作るものに変わるのか。

唐辛子を沢山かけて、最高に美味しいマドレーヌを楽しんでいただかないと……。

「お父様とお母様は！　蜂蜜がお好きです！」

突然シンシアが図書室に響きわたる声で言う。

「蜂蜜……」

「ええ！　蜂蜜です！　蜂蜜しかありません！　蜂蜜にしましょう！　ね！」

どこか張り詰めたように言うシンシアの迫力に気圧されて、「じゃあ……、蜂蜜を」と答えた。

唐辛子をかけた菓子は、また次の機会に楽しんで貰おうと心に決めながら。

13話　プロポーズは注目の中で

「やあ、未来の公爵夫人！　お会いできて光栄だ！　遠乗りでも行くか？　自慢の馬を紹介しよう！　はっはっは！」

　事件からしばらく経った日、使いがあり早朝の図書室へ行くと、いつもの席で王太子殿下が大げさな程の笑みと両腕を広げる仕草で出迎えてくれた。

　今日は初めから警備員が入り口に立っていたので、人払いは既にされているようだ。

「上機嫌ですね、殿下」

　挨拶の礼を取る暇もない。殿下に手を取られ、甲へキスの真似をされた。

「これが、喜ばずにいられるか？　もはや私を脅かす、王位継承問題は存在しない。エステリーゼも随分と安堵していた。最近の彼女は顔色がいい。グリディモア公爵も、エステリーゼへの完璧主義は改めたよ。そんなことをせずとも、私が王太子の地位を追い落とされる可能性はなくなったのだから。後はただ、私が彼女を尊重し愛し、愚かな振る舞いをしなければ全てが上手くいく」

　今日も椅子を引いて貰ったので、その席へ着く。目の前の席へ着いた殿下は、私をまっすぐに見つめるが、これまでのような冷たさはないように思った。

　人払いのすんだ図書室で、表向きの態度をやめている彼が、私をにこやかに見つめるということは、私は価値のある人間に繰(く)り上(あ)げられたということだろう。

「感謝しているよ、シンシア嬢(じょう)。少し前まで、私は危(あや)うく愚かな考えを実行するところだった」

「愚かな考えですか？」

「そうだ。エステリーゼを私から解放してやりたいが為(ため)に、女を雇(やと)って不貞(ふてい)を働いたように見せかけ、完全なる私の有責で婚約(こんやく)を解消するつもりだった。王太子の地位どころか、王族としての立場も捨てる覚悟(かくご)でな」

　どこかで聞いた話だ。ゲームでヒロインと愛を育んだのは、まさかその為だろうか。

　ヒロインが王太子と婚約したところで、ゲームはハッピーエンドとして終わるが、その後彼が廃嫡(はいちゃく)の運びとなったかどうかは、プレイヤーには解(わか)らない。

「グリディモア公爵令嬢(れいじょう)様を、愛していらっしゃるのですね」

「当たり前だ。幼き頃(ころ)に婚約したあの日から、私は一度だって、エステリーゼへの愛を手放したことなどない。だが、エステリーゼからは好かれていないのだろうと考えていた。特に最近の彼女は、私と顔を合わせても辛(つら)そうに下を向くばかりで、何を言っても、何をしても、笑顔(えがお)を見せてはくれなかった。私を厭(いと)っているからとばかり思っていたが、私もまだまだ視野が狭いな」

「お二人のわだかまりが解けましたことを、臣下の一人として嬉しく思います」

「ありがとう。それで、シライヤの方はどうなった。いつ学園へ戻る」

「いましばらくは、療養期間を。次に学園の皆様にお会いする時、彼は王国史上初の学生公爵となりますので、完璧に仕上げようかと」

「なる程、楽しみだ。制服が少々小さいように思っていたしな。私の有力支持者として、相応しく整えてやってくれ」

「はい、殿下」

「あぁ、それと。プライベートに限り、名を呼ぶことを許可する。シライヤにも、学園で再会した時に伝えよう」

言いながら、殿下は席から立ち上がった。

私も慌てて立ち上がるが、彼は話は終わったとでも言うように、スタスタと出口へ向かう。

学習スペースを抜ける前に私へ振り返ると、言葉を続けた。

「二人には積極的に、私の支持者であるとアピールをして貰うぞ。ようは、学園で取り巻きとして振る舞えということだ。友人のいる学生生活、というのも悪くない。楽しみだな、シンシア嬢」

そういえば、殿下は私をいつの間にか名前で呼んでいるな。ニッと白い歯を見せて笑う殿下へ、カーテシーをする。

「全て、アデルバード殿下のご随意のままに」

私の答えに満足したのか、彼は颯爽と図書室を出て行った。警備員も自然な様子で散っていく。

ゲームでは悪役だった私達だが、この世界ではメインヒーローの友人となったのか。

随分と緊張する友人ができたものだ。

✦

殿下との話を終え、少し気疲れしながら教室に戻ったが、クラスメイトの視線が一斉にこちらへ向く。

勘の鋭い者達や、情報筋を持っている貴族家の子息達は、既に事態に気づきつつあるようで、私へ声をかけたそうにしていた。殿下が故意に噂を広めていそうでもある。

私へ話しかけたい生徒に女子生徒が加わった分、婚約希望だけの令息達の時よりも熱烈かもしれない。

「あ、あの～、ルドラン子爵令嬢、シラ……、ブルック公爵家の御三男様と婚約なさる予定ですの？」

「素敵ですわよね、不遇のご令息との大恋愛なんて。まるで小説か舞台のようなロマンス！　よろしければ、我が家のお茶会でお話しいたしません？」

　エディの元取り巻き令嬢達。あれだけ私を敵視していたのに、この手の平返しはある意味尊敬する。

　未来の公爵夫人から悪印象のままでは、都合が悪いのだろう。

　平民と仕事をすることが多く、社交界に疎い子爵令嬢くらい虐めても構わないと思っていたのだろうが、とんだ誤算だった訳だ。

「お誘いありがとうございます。けれどご存じの通り、今は身の回りが慌ただしくて……。勝手に何かをお話しすることもできませんし……」

「困りましたわね」と苦笑して返せば、彼女達は大慌てで「それはそうですわ！　無理を言ってごめんなさい」「また機会があれば是非」と取り繕う。王太子殿下に名を呼ぶ許可をいただいたことを知ったら、卒倒するかもしれない。

　今までの恨みを晴らすのは簡単だが、シライヤの妻となり高位貴族となるなら品位を損ねてはならない。

　やりすぎは禁物だが、チクチクくらいの仕返しはしてやろう。

　次はこちらの番だと言わんばかりに令息達が近づいて来たが、授業が始まってくれたおかげで助かった。

未だに私の婚約者の座を狙っている者達はいる。自分なら上手くやれるかもしれないと、自信のある令息は特に。

シライヤの評価が正しく浸透していないのが原因だろう。

彼が尊い学生公爵だと知らしめれば、私を横取りしてやろうと妄想を抱く令息達を蹴散らせる。あと少しの我慢だ。

シライヤは、今もルドラン子爵の屋敷にいる。私が日々全力をかけて仕上げている彼を見て、学園の者達が圧倒される日が楽しみだ。

令嬢達に粉をかけられるかもしれないが、シライヤが私を裏切るはずがない。私はただ安心して、彼を着飾らせればいい。

シライヤ程にできるわけではないが、未来の公爵夫人として、授業への意気込みを見せた一日だった。


「早くシライヤのところに帰りたい」

そんな言葉を漏らしてしまうのは、少し張り切りすぎたせいかもしれない。

授業を頑張りすぎたか、今更懐いてこようとする下心を隠せない学園の者達をいなすのに疲れたのか、降って湧いた高位貴族への仲間入りによる緊張の気疲れか。

くたびれながら帰宅用の馬車へと向かって、学園の正門に続く道を歩いていると、突然腕を強く引かれて驚いた。

「シンシア！　会いたかった！　ずっと会えなくて寂しかったよね！　僕達はあんなに愛し合っていたんだから！」

おっとこれは油断した。

ルドラン子爵家に磨かれて甘やかされていた時より、幾分煌びやかさをなくしたエディが現れた。

夕焼け色のようで綺麗だと思っていた長髪は、パサついているせいか絡まりが酷くて、色褪せて見える。

こうしてみると、まったく磨かれることがなかったシライヤがあれ程魅力的なのは、持ち前の美しさのせいなのだろうか。

だからと言ってエディが劣った人間とは判断できないが、彼の人間性を見てきた限り、やはり彼はどうしようもない。

ということで、冷たく接してやることに罪悪感はないのだ。

「平民になられた方が私の腕を掴むなんて、凄く度胸があるのね。騎士団に突き出される前に、お放しになった方がよろしくてよ」

ニコリと笑いかける微笑みは、何もエディへ好感を持っているからではないのだが、彼はそのまま受け取るかもしれない。

エディはドリス伯爵家から、既に除籍されている。不名誉で能力のないオバカな次男を、家名に連ねておく必要はないと判断されたのだ。

そうすることで、ルドラン子爵家への返還金を多少なりとも減らせるからだ。エディ個人の出費に関して、彼が借金を背負うことになるのだが、彼に返済能力はないので、ルドラン子爵家が損をするだけだ。

ドリス伯爵家の信用も落ちるが、既に名誉はなく、必死に金を掻き集めているような暮らしでは、気にしている余裕もないのだろう。

「そんな冷たいことを言うなんて！　本当に怒ってるんだね……。そうだね、僕がシンシアに冷たくしたんだから怒るのも当然だ。大好きな僕に冷たい態度をされて、傷ついたんだよね」

「どうしてこんなところにいらっしゃるのかしら。そういえば、退学されたはずの方の荷物がいつまでもあるようでしたし、片付けに？　それでしたら、やはり問題を起こすのはお勧めしませんわ。元学生としての信頼で足を踏み入れることを許されているというのに、信頼を裏切るような真似をすれば、再入学できませんわよ」

ご自慢のお綺麗な顔を使って、裕福な人間に媚びを売れば、学費を出して貰えるかもしれない。

学費さえ払えるなら、再入学は新規の入学よりずっと簡単なのだから、それを目指せばいいのに。平民とはいえ、学園の卒業資格を持っていれば、どれだけ楽に金を稼げることか。

「それだよ、シンシア！　僕を退学させるなんて、ちょっとやりすぎだよ？　冷たくされて怒っているからなんて理由で、僕との婚約まで解消して……。あの後、本当に大変だったんだ。ドリス伯爵家からは勘当されて、領内の作業現場で働くように言われて。あんな酷い場所、僕が働くところじゃないのに。爪だって割れてしまったし、ろくに風呂にも入れない。香油だって、あれから一度も塗ってないんだ。髪も肌も乾燥して、もうボロボロだよ。僕にこれだけ痛い目を見せたんだから、十分だろう？　我が儘はそろそろ止めてくれ、シンシア」

「何が十分なのか解りませんし、我が儘を通した覚えもありませんわ。返還金は全額支払われておりませんので、その作業現場とやらで励んでくださいね。二度目ですが、腕を放してくださる？　人が集まってきたようですけれど、今全力で逃亡すれば、このことも有耶無耶にできるかもしれませんよ」

他にも馬車へ向かう生徒達が通りかかり、みな何事だろうと立ち止まっていく。

ギャラリーが増えれば、学園の職員へ報告に向かう生徒も現れるだろう。あ、今一人、走って行った。

「ああもう、話が通じない。君は本当に頑固だし我が儘だ。作業現場の同僚が言っていたけど、パートナーを虐めて愛する人間がいるらしい。サディストって言うんだ。君はそれだよ。僕を虐めて愛しているつもりだろうけど、そんなんじゃ僕は愛を感じないからね。夫婦になるなら、そういうところは直して貰わないと」

「いいえ、私は愛する夫を甘やかしたいタイプです。ま、そんなこと貴方には関係のないことですわね。せっかく学園にいらしたのですから、私に構うのではなくエリー嬢のところへ行ってさしあげたら？　捜しておりましてよ。三度目ですが、腕を放しなさい」

仕方のない子でも見るような視線を私へ向けていたエディだったが、ハッとして何かを納得したように「ああ！」と叫んだ。

「そういうことか！　君は勘違いしてるんだね、シンシア！　違うよ！　エリーとはなんでもないんだ！　確かに親しい友人だけど、彼女の恋人になる気なんて少しもない！　僕はシンシアの恋人で、婚約者で、将来の夫なんだから！」

そう言えば私が喜ぶとでも思っているように、大きく廊下に響く声で言うエディ。

ここまでの騒ぎを起こして、その作業現場とやらにはもう戻れないかもしれない。返済に期待していた訳ではないが、この男を選んだせいで、ルドラン子爵家に損をさせたことをつくづく悔やむ。

そろそろ警備の者が到着するだろうかと辺りを見回そうとした時、私の腕を掴むエディの腕が、大きな手に掴み上げられた。

「いだだだだっ⁉」

エディの顔が一気に真っ青になり、私の腕が解放される。そして腕を掴み上げているのは、グンと身長の高い銀髪の男。長く顔を隠していた前髪は整えられ、惜しみなく美貌を晒していた。

「シンシアの恋人で、婚約者で、将来の夫は、俺だけだ。馬鹿げたことをもう一度口にすれば、海に沈めて話せなくしてやろう」

やっぱり、海に沈めるって発想はまだあるんだ。

「シライヤ！　どうしてここに？」

私が驚きの声をあげると、エディを投げ捨てるようにしたシライヤが、私の手を取って不安気な顔を向けてくる。

「正式に公爵の地位を賜った。披露目はまだ先になるが、いち早くシンシアに伝えたくて、迎えに来たんだ。馬車で待とうと思っていたが、シンシアが元婚約者に迫られていると聞いて、待ってなどいられず、学園の中まで……。すまない、学園に戻る日取りはもう少し後にしようとシンシアに言われていたのに。言いつけを守れなかった」

悪いことをしてしまった犬のように、シュンとして私を見つめるシライヤ。身体は逞しく、ルドラン子爵家で美しく整えられた姿は迫力を感じさせるのに、私に対しては甘えたいさかりの子犬のような顔を見せる。

本当は既に完璧に仕上がっていたのだが、まだこの可愛くて愛しい男を独り占めしていたくて、学園への復学を遅らせていた。なる程、確かに私は我が儘だ。

「いいのです、シライヤ。迎えに来てくださって嬉しいです」

微笑んで返せば、シライヤはホッと安堵した顔を見せる。それにしても、誰がシライヤに報告を……？　あぁ、シライヤの後ろに殿下の子飼いの警備員が見える。

早く、新ブルック公爵を知らしめろとのご意向か。

そっとシライヤの手から自分の手を離すと、恭しくカーテシーを披露する。

「正式に公爵となられましたことを心よりお祝いいたします。シライヤ・ブルック公爵様」

シライヤが公爵の地位を賜ったと口にした時からザワザワとしていたギャラリーだったが、私がカーテシーをして口上を述べると更に騒がしくなる。

「噂は本当だったのか！　学生で公爵なんて、前代未聞だぞ！」

「あれが本当にあのシライヤ・ブルック？　大会で見た時より、ますます素敵」

「くそ、本物の公爵が相手じゃ……。いい婿入り先だと思ったのに……」

「こうなるって知ってたら、私があの美しい貴公子と……」

聞こえる言葉は後悔が多い。

シライヤが学園の者達からどんな扱いを受けていたか、多くは知らないが、軽んじられていたことは確か。

制服の一つもろくに整えられない望まれぬ子。

見返してやった気分はどうだろう。まだ足りないというなら、品位は保ちつつ仕返しに協力してもいい。

「ありがとう、シンシア・ルドラン子爵令嬢。顔を上げてくれ」

シライヤの許しで顔を上げ、彼を見つめると、緑の瞳は私以外何も映していなかった。

そして、すぐにシライヤの視線が低くなり、彼は私に片膝をつく。

「この時を待っていた。どうか俺と結婚して欲しい。シンシア」

私の手を取り、真似ではなく本当に口づけるシライヤ。

周りが違う色をおびて騒がしくなったように思うが、もはや私も他に意識を配る余裕がない。心臓がドキドキとして張り裂けそうだ。

私達はまだ婚約していなかった。

貴族の婚約は家同士の契約。しかしブルック公爵が不在、または失脚すると解っている長男が公爵では、契約を結ぶにも色々とややこしい。

それならば、シライヤが公爵位を継いでから婚約しようと話し合っていたのだ。

彼が待ちきれなくて学園まで迎えに来たのも、おそらく私と早く婚約したかったから。

「はい、結婚いたします。末永くよろしくお願いいたします、シライヤ」

「シンシア！」

立ち上がる勢いのまま、私をギュウギュウと抱きしめるシライヤ。少し苦しいのは、我慢しよう。

正式な婚約は書類を介さなければならないが、これだけの衆人環視の中行われたプロポーズは、正式な婚約と同等の威力を持つだろう。

「……は？　え？　ま、待ってよ、何……？　なんで！　違うだろ！　シンシアの婚約者は、ぼ――」

「取り押さえろ」

私を抱きしめたまま、シライヤの低い声が響く。

現公爵閣下の命令だ。すぐに学園の警備員がエディを取り押さえた。

まあ、殿下の子飼いの彼だが。まだシライヤが公爵になったと十分に通達されていない今、これだけ早く動けるのは彼だけだろう。

虫が潰れたような声を出して、地面に押さえつけられたエディを見て、周囲に集まった学生達に恐怖の色がありありと乗る。

シライヤの命令一つで、人が捕縛されるのだと、これでよく解っただろう。二度とシライヤに対して、馬鹿にするような態度は取れないはずだ。

そう考えると、エディは今とてもいい働きをしてくれている。

「家名を持たぬエディさん。私を呼び捨てにするのは、いい加減にやめてくださるかしら。私達は、赤の他人になったのですから」

「そんな……っ、いやだっ、なんでこんな……っ」

「おかしいですわね、貴方がおっしゃったのよ。援助金を盾に、ルドラン子爵家に脅され、無理やり婚約を結ばされた。奴隷のような扱いだった。自由になりたいと。全て叶いましたでしょう？　援助金はなかったことになり、返還していただくことになりましたし、婚約も解消いたしました。ドリス伯爵様が、エディさんを除籍されたのは与り知らぬところですけれど、これで家名もなく自由を謳歌できるではありませんか」

「ち、違うよ！　こんなつもりじゃなかった！　ただ僕は、少しだけ自由に遊びたかっただけで！」

「ご自由になさったら？　恋愛だって自由になったのですよ？　エリー嬢……は、いらっしゃらないようですけど、そうね……、あぁ、そこのご令嬢方、確か彼と親しくしていらしたでしょう？　私、お邪魔をして申し訳なかったと思っていたのですよ。今の彼には婚約者がいらっしゃいませんし、どうぞ気兼ねなく親交を深めてはいかがかしら？」

まだ私を放したくないシライヤの腕に搦め捕られたまま、かつてエディの取り巻きだった令嬢達に声をかける。彼女達はあわあわと溺れてでもいるように、声を引きつらせて狼狽えた。

「い、いえ！　私は！　そんな！　婚約者もいますし！　そうだわ、貴女が引き取ってさしあげればぱっ？」

「やだ！　こっちに押しつけないでちょうだいよ！　平民なんて嫌に決まってるでしょっ」

婚約者がいるのにエディへ色目を使っていたのもよく解らないが、平民が嫌だと言うのもおかしな話だ。

だってエディを私から取り上げたら、彼は継ぐ爵位もなく平民になるのは決定なのだから。

若い女子学生達は、美しい男子学生に熱を上げるだけで、未来が見えていなかったということなのだろう。

「え……、僕、嫌がられてるの？　だ、だって、あんなにカッコイイって……」

自分が令嬢達に嫌がられていることに気づいたエディは、地面に押しつけられたまま愕然としていた。

女の子にモテることは彼の自信の一つだったろうから、とてもショックを受けていることだろう。

「もういい！　それを連れて行け！　目障りだ！」

シライヤの苛立った声が発せられ、エディはすぐに警備員に引き立てられた。

「やだ！　嫌だ！　待って！　シンシア！　君に束縛されてもいいから！　こんな自由ならいらないよ！　戻りたいんだ！　元に戻りたい！　いやだぁ！」

エディの力の限りの悲鳴は、ますます学生達を震え上がらせた。

責任を押しつけ合っていた令嬢達など、たまらなくなったのか、不作法にも廊下を走って逃げていく。

「怒っていますか？　シライヤ」

「当たり前だ。本当の奴隷がどんなものかも知らないで勝手なことを。シンシアに甘やかされ、ルドラン子爵ご夫妻に可愛がられて、あんな夢のような生活を脅しだと？　許せない。自分がどれだけの幸運に恵まれていたのか、気づこうともしないなんて」

シライヤは既に知っている。奴隷のような扱いも、自由のない生活も。

そしてルドラン子爵家で、これでもかと甘やかされる生活も。かつてエディが受けていた猫可愛がりを、今はシライヤが受けている。

私達の一族は、愛する者を可愛がりたくて仕方なくなるようだ。

私も両親に甘やかされて育ったが、同じくらい両親を甘やかしたいし、家族となる相手を可愛がり護りたい。

それがエディには悪影響だったのかもしれないとは脳裏によぎりつつ、シライヤならそうはならないだろうと思うと、やはりエディはどうでもいい。

「最初の婚約の時、私がシライヤを選んでさえいれば、貴方に辛い思いをさせなかったのに。ごめんなさい、シライヤ」

シライヤを慰めるように、よしよしと頬を撫でると、シライヤは泣き出しそうに私を見つめた。

「違う。シンシアは見つけてくれたじゃないか。校舎裏で項垂れるだけだった俺を。愛している、シンシア。俺を見つけてくれてありがとう」

「……可愛い人」

呟くと、シライヤは急いたように私の身体を抱き上げた。

「早く帰ろう。愛しい婚約者に……、もっと甘やかされたい」

「ふふ、ええ。沢山甘えてくださいね、シライヤ」

少し駆け足で馬車までの道を進むと、生徒達は恐れるような顔をして道を空けた。

もう安心だ。シライヤはこれ以上、誰にも傷つけられることはない。

それはとても素晴らしい。

14話　ヒロインは遅れてやってくる

ヒロインは遅れてやってくる。いや、元々はヒーローは遅れてやってくるだった。それすらも、天災は忘れたころにやってくるの派生だったらしい。

とにかく、ゲームの主人公であるはずのヒロインは、エディが捕縛されてから更に日数が経過したのち、今更私達の前に現れた。

「えっと〜。シライヤ様、ですよね？　図書室で勉強されてる姿を、ずっと前から見てました。その時から憧れてて、いいなって……きゃ、言っちゃった！」

両頬を押さえて恥ずかしがるように身体をくねらせるヒロイン。

学園に復学したシライヤと共に、図書室で自主学習を行っていると、ヒロインが小走りに駆け込んで来て突然声をかけてきた。

「名を呼ぶ許可を出していない。不愉快だ。話しかけるな」

スパーンと音でもしそうな程、爽快な切り捨て方。

優柔不断なエディとは真逆。剛毅果断。私の婚約者は相変わらず素晴らしい。

「えっ、あっ、あの、でも、良ければ勉強を教えて欲しくて……っ、そう、あの、『私は望まれぬ子なんて噂は気にしません！　シライヤという人間と、仲良くなりたいだけなんですから！』」

しどろもどろになりながらも、ヒロインは負けじと言ってのけた。それはゲームで、シライヤの心を射止める為の台詞の一つだった。が、だっただけ。

「俺は無礼な女と、仲良くなどなりたくない。いきなり来て、なんなんだ。お前は」

考えなしなのだろう。

学生公爵となった彼に、今更庶子だなんて言う人間はいない。彼こそが、現在のブルック公爵家の正統なる当主になったのだから。

彼の血を持って生まれる子こそが直系となる。

ヒロインの台詞だって、ゲームで先にシライヤが「俺は望まれぬ子だから……」と気がふさいでいる時に、慰めの言葉としてかける為のものだ。

私という愛する婚約者に満たされ、婚約者との二人の時間を楽しんでいる時に、無理やり入ってきて言う台詞では絶対にない。

「なんで、好感度上がんないのよ……っ。学力上げないとなのにっ」

困り果てたようにヒロインは言葉を漏らす。もう後がないので焦っているのだろう。

ゲームの強制力でも働いていて、シライヤにちょっかいをかけられてはたまらないと、実はヒロインの行動を見張っていた。

ヒロインは、学園を退学するエディでは将来性がないと気づいたようで、早めに見切りをつけていた。

そうして、ゲームの攻略対象である男子学生、果ては保健医にまで声をかけにいったようだったが、あの恋愛アプリゲームは転入初日にルートを選ぶ必要がある。

一度エディルートで動き出した彼女に、他の攻略対象とのイベントは起こらず、それどころか話も噛み合わなかったようだ。

現実世界として存在するここでは、ゲームと違ってリスタートはできない。

私がエディとの婚約を解消したことで、ゲームの流れとかなり違っていたとはいえ、ヒロインはもうエディを選ぶしかなかったのだろう。どちらにしろ、彼女の望んでいそうな幸せは摑めないだろうが。

ゲームの通りなら、私は卒業パーティーで婚約を破棄され、エディは学園の卒業資格と、ルドラン子爵家で培った人脈を使って、富豪になれそう……な、ニュアンスを含んだ終わり方だった。

実際になれたかは、殿下のこともあったし今となってはいまいち信憑性がないが。

今思えば、あのゲームは先の未来について詳しく描かれていなかった。

人の婚約者を横取りして、幸せに暮らせる未来というのは、原作者も思い浮かばなかったのだろう。

それならば、それは本来、ハッピーエンドとして扱っていいのだろうか。

「よろしければ、エディさんの行き先をお教えしましょうか？　彼と仲良しのお友達でしたものね、エリー嬢」

「いらないわよ！　今更あんなやつ！　てか知ってるわよ！　公爵とその婚約者に無礼を働いて、王太子の通う学園で騒動を起こした罪で、一生鉱山で働くことになったんでしょ!?　なんでこんなことになるのよ！　あんたがあの時、エディとの婚約を解消しなければ、上手くいってたのに！」

半泣きになりながら叫ぶヒロインだが、今正に、エディと同じ行動をした己の身が危ういことには気づいていないようだ。

考えなしだから気づけないのか。哀れな。

シライヤがいよいよ怒りを見せて立ち上がろうとしたが、図書室へ新たな入室者が現れた為、私もシライヤも居住まいを正して静かに立ち上がる。

他の利用者の学生達も、同様に立ち上がった。

己に声をかけられることはないと解っていながらも、それが貴族というものだから。

「やぁシライヤ、シンシア嬢。皆も楽にしてくれ」

殿下の許しがあって、学生達は再び着席する。

こちらを気にしていないフリをしているが、図書室にいる全ての者達の意識はこちらへと向けられていることだろう。

「アデルバード殿下、お待ちしておりまし……」

「わっ！　本物！　作画が超いい！　さすがメインルートの攻略キャラね！」

爵位的にも、シライヤが一番にお応えするのがマナーであるはずが、ヒロインはシライヤの言葉を遮るように前へ出て興奮と共に言った。

「私、エリーって言います！　男爵家の！　転入生なんです！　アデルバード王子様って、とっても素敵ですね！」

最近ではすっかり殿下の表情を読み慣れたせいか、表向きのにこやかな笑顔の中に、冷たい視線が交じった気がした。

殿下の言っていた愚かなことを実行するのに、エリーのような頭の軽い女というのは最高の駒だったろうが、グリディモア公爵令嬢と上手くいっている今は、必要のない人材だろう。

「学園は、家名を背負って社交界に出る前の学びの場。少々の無礼があるのは仕方のないことだ。だから君の無礼は許そう。帰って男爵家のご両親に、何がいけなかったのか教えて貰うといい。解ったら席を外してくれるかな？」

殿下がそう言ってくれている間に、退散した方がいい。と教えてあげたくなったが、私が彼女に何か言っても悪く取られて事態が悪化しそうだ。

それにそこまでしてやる義理もない。まったく。黙(もく)しているに限る。

「なんだっけ……あの婚約者の、グリー……モア？　公爵令嬢様と上手くいってないんですよね！　私、アデルバード様を癒(い)やしてさしあげたくて！　グリモア公爵令嬢様と違って私とってもよく笑うんです！　私の笑顔で心を癒やしてください！」

ゲームでは確かに、王太子殿下がヒロインへ向かって「久しぶりに、本当の笑顔を向けられた気がする。君の笑顔は癒やされるよ」と言っていたな。

だがヒロイン自ら、自分の笑顔で癒やされろと言うなんて、信じられない程お高くとまった発言になってしまっている。

あと高位貴族の家名を間違(まちが)えるのは学生だろうとありえない。

まずいぞ、ヒロイン。グリモアではない。グリディモアだ。

平謝(ひらあやま)りしてこの場を去れば、まだなんとかなるかも。

「……酷(ひど)い言いがかりは止めて貰おう。エステリーゼと私は、互(たが)いに想(おも)い合っている。彼女の笑顔は至高の宝だ」

「やだ、王太子ルートもバグってる！　なんなのよこれ、バグだらけじゃん！　運営ちゃんとしてよ！　そだ、バグだらけなら……」

ヒロインは何かを思いついたのか、再びシライヤの方へ振(ふ)り返(かえ)った。そして期待を込めた目でシライヤを熱く見つめた。

「ヤンデレキャラのシライヤも、ヤンデレじゃないかも！　よく解んないけど、公爵とかになったみたいだし！　ね、そうなんでしょ！　ヤンデレじゃなかったから、あんたもシライヤ狙ったのよね！　なら私も狙うわ！　あんたが攻略できたんなら、ヒロインの私なら楽勝でしょ！　ゲームの時より更に美形っぽいし！　かなりタイプ！　シライヤルート開拓する！」

　ウキウキと希望を見つけたようにはしゃぐヒロインへ、どう現実を教えてあげるべきかと考えていると、シライヤに強く抱き寄せられた。

「いい加減なことを言うな！　俺はヤンデレだ！　シンシアに対して、ヤンデレであるつもりだ！　俺程ヤンデレな者はいない！」

　そういえば、シライヤに適当なことを教えた気がする。なんて言ったんだったか。確実に本来の意味は教えていないはずだ。

「は、はぁ!?　ヤンデレなの!?　ヤンデレ設定は同じなの!?」

　混乱するヒロインは、説明を求めるように私へ視線を移したので、微笑んで頷いた。

「ええ、彼はとてもヤンデレですの。それはもう死ぬ程に愛されていて。私、今とても幸せですわ」

「ば、馬鹿じゃないの!?　ほんとに死んじゃうわよ!?　あんた、やっぱり趣味悪い！」

「貴様！　シンシアに対して馬鹿だと！　我々に対する不敬の数々、見逃せる限度は超えている！」

「ひっ、や、やだっ、シライヤ怖い！」

シライヤの怒声にヒロインが怯えて身をすくめたところで、殿下が大きくパンパンと手を叩いた。

「警備の者、連れていってくれ。この者は心をおかしくしているようだ」

ここまで騒いだのだから、殿下の子飼いでなくても、彼女を連れていくだろう。

とはいえ、一番に駆けつけて連れていってくれたのは、やはりあの子飼いの彼だったが。

王太子ともなれば、とても優秀な部下を持っているようだ。

「二度とその者の顔は、見たくないものだな」

殿下はポツリと言ったように見えて、よく通る声で図書室に響く。

これでヒロインは学園に戻れなくなった。修道院行きは確実だろう。

「あっ、警備員もイケメンかも！　警備員ルートでもいい！」

図書室を出ていく時にそんな声が聞こえたので、彼女ならどこに行ってもそれなりに楽しく暮らせるのではないだろうかと思った。

さらばヒロイン。今度こそ、これでお別れだ。お互いに関わらない場所で幸せになろう。

……でもきっと、その警備員を狙うのは無理だと思う。

静けさを取り戻した図書室で、私達は恒例となった自主学習会を始めた。

結局シライヤは、私と殿下二人分の勉強を見ることになったのだが、シライヤ本人の成績が下がることもなく、更に私達の成績は上がった。

そして殿下の成績が上がると同時に、グリディモア公爵令嬢の成績は落ちたのだが、最近学園で見かけるようになった彼女はよく笑っている。

学年が違うので、今は会話をする機会がないのだが、私が公爵夫人(ふじん)となった時、お話しさせていただくことが多くなるだろう。その時は仲良くできれば嬉(うれ)しい。

同じ悪役令嬢キャラとして……。もちろんこれは、本人にお伝えできないが。

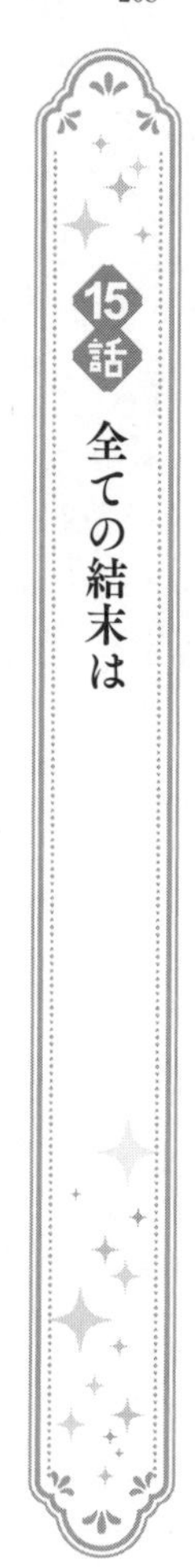

15話 全ての結末は

ブルック元公爵は三男への日常的な虐待行為に加え、王族へ虚偽の発言をした。夫人は虚偽を働いた場にいなかったものの、元公爵に連座して裁かれた。

彼等が象徴的な公爵という立場であったことも問題視され、長く裁判が続いた結果、かなり重い罰が下された。

三日間王都を引き回されたのち額に罪人の入れ墨を彫られ、夫妻共に国外追放となる。処刑にはならなかったが、どちらにしろ同じことだろう。

余程運が良くなければ、彼等は生き残れない。

刑が言い渡された日、シライヤは確認したいことがあるからと、元公爵夫妻の捕らえられている牢へと赴いた。私も彼を支える為についていった。

もし、元公爵夫妻に酷い言葉を投げかけられて、彼が再び傷ついたら、すぐに慰めてあげたいと考えていたのだが、それは杞憂に終わった。

元公爵夫妻が、今更シライヤに媚びを売るように縋って許しを請う態度を見せたのもあったが、それよりもシライヤはしばらく夫妻を見つめた後、とても嬉しそうに頬を桃色に染めて笑ったのだ。

「良かった。もう貴方達に、何も感じない」

幸せそうにそう言ったシライヤは、私の手を取りエスコートするようにして牢を後にした。夫妻の助けを求める悲鳴がいつまでも聞こえていたが、シライヤは安堵したように微笑んだまま前だけを見て歩き続けた。

物心ついてからずっと、シライヤは夫妻に認めて貰いたくて、愛されたくて、大切にして貰いたかった。その想いを断ち切れたのかどうか、自分でも解らなかったのだろう。

そして確認にきて、確信した。

もうシライヤの心に、あの人達の居場所はない。

ブルック公爵家の長男と次男だが、三男への虐待行為という罪に問われることはなかった。兄弟間では虐待の罪を適用するのが難しい。

少し激しい兄弟喧嘩だと、いくらでも逃げられるからだ。

よって、公的な罰を与えられることはなかったが、現当主となったシライヤに屋敷を追い出された。

母方の侯爵家へ一度は身を寄せたらしいが、シライヤに何もかも押しつけて暮らしていた分、彼等は本当に何もできなかった。

単純な仕事も任せられない兄弟に、侯爵家もタダ飯喰らいはいらないと追い出したそうだ。

　その後の彼等がどうなったのかは解らないが、いい暮らしができていないことは確実だろう。

　ある日ブルック公爵家の屋敷の庭で、シライヤが色々な物を火の中に放り込んで焚き火をしていた。

　何をしているのか尋ねると、今まで兄達に取り上げられた物や、兄達にしか与えられなかった物を燃やしているのだと言う。

　なので、私も一緒に焚き火をした。使用人に言って芋を持ってきて貰い、焼き芋をつくって楽しんだ。あれはいい。またやろう。

　焼きすぎた芋を持って、厨房にも行った。

　シライヤの話に出てきた、平民出だという使用人やメイド達に挨拶をすることができて良かった。

　シライヤと焼いたのだと言って焼き芋を分けようとすると「赤い物はかけていませんか」「これは甘いだけですよね」「刺激はっ！　刺激は結構ですのでっ！」と阿鼻叫喚の中で焼き芋を観察された。

　彼等もシライヤが作った、赤い雪が降り積もる菓子を食べたのだろうか。

　私がブルック公爵夫人になった暁には、彼等と唐辛子の扱いについてよく話し合わなければならない。鍵付きの保管容器を備えるのはどうだろう。

だがそんなことをしたところで私達は、シライヤが嬉しそうに唐辛子をかけるのを止めることができない仲間なのだ。

貴族出身の侍女達については、シライヤの虐待に率先して加わった者はおらず、あくまでも仕える主人の意向に添った働きを過不足なく遂げただけである為に、シライヤが特別に何かをした訳ではなかったが、結局全ての侍女が屋敷を離れた。

単純にやりづらい思いがあったのだろう。他家に行く者には差し障りのないよう紹介状を書き、行儀見習いであった者は生家へ帰したそうだ。

今のところ屋敷にシライヤ一人である為、働き手は足りており、新しく侍女を雇うのは先になりそうだと言っていた。

それならば、私が行儀見習いとして侍女をやっては駄目だろうか？

今度相談してみよう。

✦

ゲームではエンディングになる卒業パーティーが、今宵開催される。

「ヒロインが大活躍していたら、必ず誰かが婚約破棄をするのよね」

赤い生地を覆うように銀色の装飾が施されたドレスを着て、ルドラン子爵家のホールでポツリと呟く。

「シンシア！　とても綺麗だ。貴女をエスコートできるのが嬉しいよ」

公爵家から馬車で迎えに来たシライヤが現れる。

彼の衣装は、ドレスの赤い生地よりも落ち着いたワインレッドのジャケットに、揃いの銀色の装飾を施したもの。

「シライヤ、貴方も魅力的です。それと、ドレスをありがとう。とても気に入りました」

揃いの衣装は、公爵となったシライヤが用意してくれた物だ。

シライヤはデザイナーへ、私の髪色と同じくらいに真っ赤なジャケットを着たいのだと言ったらしいが、断固として譲らなかったデザイナーのセンスでこうなったらしい。

私の色を基調にしたがるシライヤの気持ちが嬉しくて、自然と笑みが零れてしまうが、結果を見る限り今後もデザイナーの味方についた方が良さそうだ。

今夜の彼はいつにも増して惹きつけられる。また同じデザイナーに頼もう。

結婚式では、シライヤの銀髪をイメージした衣装を着たい。

「シンシア、お手を」

「はい、シライヤ」

到着した学園の会場では、華やかに着飾った学生達が彩りとなって広がっていた。ゲームで見た背景と同じ煌びやかなこの場所に、少しワクワクとした感動を覚える。

そうして、あっと思い出した。ゲームのシンシアはこの卒業パーティーで、一色の真っ赤なドレスを着ていた。銀色の装飾はなかったが、今日身に着けているドレスと少し似ていた気がする。

ゲームでは一応エディの婚約者として出席するはずのシンシアが、自身の赤だけをまとって現れたのは、彼女の意思表示だったのかもしれない。

おそらくエディにドレスを用意して貰えなかった彼女は、自分の意思でドレスを選んだのだろうから。

婚約破棄を言いわたされ、断罪されたようになったゲームのシンシアだが、彼女は自らエディを捨てるつもりだったのだろう。

真実は解らないが、もしそうならいいと思う。少し時間がかかってしまったとしても、最後には彼女が自身を大切にできたということなのだから。

騒がしかった会場が、スッと静寂に包まれる。王太子殿下と婚約者のグリディモア公爵令嬢が現れた。

お二人は中央階段を優雅に下りて、来場者へ微笑みを向ける。

卒業生達は、学園でするよりもずっと深い礼の形を取った。もちろん私とシライヤも。学生気分は捨て、大人になる準備ができたのだと示すように。

許しがあり顔を上げると、殿下から短く祝いの言葉を賜る。そうして、お二人はホールの中央へ向かい、お互いに向き合った。

楽団の音楽が始まり、王太子殿下とグリディモア公爵令嬢のダンスが始まる。

グリディモア公爵令嬢は私達よりも一つ上で、先にご卒業されていらしたのだが、殿下の卒業に合わせて出席なさったのだ。

二人はお互いを想い合う眼差しを交わし、幸せそうに舞っている。

婚約破棄イベントは、お二人のダンスが始まる前に発生するのだ。ヒロインが不在であっても、何か事件が起こるのではという心掛かりがこれでなくなった。

「踊ろう、シンシア」

現公爵であるシライヤのエスコートで、私達も踊り出る。そうしてからやっと、他の者達も踊ることを許された。

華やかなダンスホールで、シライヤのリードに任せて身体を揺らす。

甘く穏やかに過ぎるこの時間を楽しんだ後、曲調が変わった。

情熱的なこの曲は、例の主題歌ではないか。思わず笑ってしまうと、シライヤは別の意味で笑みを見せた。

「まさか、このダンスを披露する機会があるなんて、思わなかったな」

私達のダンスは、熱く激しいものへ変わった。他の参加者達は、この曲についていけず早々に退散している。

独壇場のようになってしまったホールで私達はひるむことなく、悪役らしい荒々しさを見せつけた。振り返れば多くの困難があった。それでもこうして笑えるのは、シライヤが隣にいてくれるから。

この先だって簡単な人生ではないだろうが、彼がいてくれるならきっと満ち足りた未来が溢れている。

曲の終わりと共に、私達のダンスへ称賛の拍手が向けられる。

今になってやっと羞恥が沸き起こった私達は、恥ずかしさに頬を染めて笑い合う。悪役には少し柔らかすぎる笑みを湛えながら、心で思う。

どうかしら、ゲームの原作者。

これをハッピーエンドといたしましょう。

HappyEnd

この度は、本書をご購入いただき、誠にありがとうございます。作者の宝です。

本書が、私の初書籍です！　本当に嬉しいです！

ネット版の時から応援してくださった皆様と、書籍化にあたり素敵なイラストでご協力いただいた夏葉じゅん先生、表紙デザインを素敵に仕上げてくださった島田絵里子様、何も解らず右往左往していた私を導いてくださった担当編集I様、そして文庫を出してくださったビーズログ文庫様、KADOKAWA様、キーボードの上で邪魔しながら応援してくれた愛鳥。その他書き切れない程に沢山の方から支えられて、無事本書を出すことができました！　改めまして、ありがとうございます！

また、本書が初めましての皆様、どうぞよろしくお願いいたします！

ネット版では六話で完結の短いストーリーでした。書籍化には文字数が足りず、本編を加筆しましょうと担当編集Iさんに提案され、やってみたら書きたい話が山程出てきてスルスル書き切ることができました。

本当はこんなに書きたい話あったんだ……。と、自分で驚きました……！

一度完結させた話を更に加筆するというのは、今までやったことがなかったので、そういう意味でも貴重な経験になりました。提案してくださった担当編集Iさんに、本当に感謝です！

本編が増えたことで、登場キャラクターに色々な設定が増えましたが、シライヤは極度の辛党になりました。料理上手なのに、放っておくとなんにでも唐辛子をかけてしまいます。

唐辛子のかかったマドレーヌがどんな味なのか確かめる為に、実際にかけて食べてみたのですが、唐辛子のこうばしい香りがしてなかなか美味しかったです。

愛鳥のオヤツの唐辛子が沢山あるので、これからもシライヤの料理を確かめる為に、色々試してみたいです。

短期間にこんなに文章を打ったのも初めての経験でしたので、途中指がプルプルと震えましたが、ふわふわの愛鳥を握ることで事なきを得ました。

飼い主をよく助け、飼い主のどこかをちょびっとだけ食べられないか、毎日チャレンジしてくる可愛い同居人です。夏葉先生から初めてシンシア達のイラストをいただいた時も、興奮して雄叫びをあげる私と一緒にキャルキャル叫んでくれました。

どのキャラクターも魅力的に描かれていて、制服も着てみたいくらいに可愛くて、本当に大興奮でした！

この後にもイチャイチャするシンシアとシライヤの番外編が一話収録されていますので、是非（ぜひ）とも最後までお楽しみいただけたら幸いです！

「シライヤ、どうですか？　似合っていますか？」

汚れの目立たない黒い侍女服を着て、動きやすいように髪を結い上げる。そんな姿で、シライヤの前に立ち、一度くるりと回ってみせた。

「うっ……、か、可愛い……」

胸を押さえながら、シライヤは真っ赤な顔で言う。

彼がソファに腰掛けていて良かった。立っていたら、フラフラと後ろへ転んでいたかもしれない。そのくらいにはシライヤの好意を感じて、満ち足りた気分になった。

「ふふ。ありがとうございます、シライヤ。あら、呼び方が違いましたね。公爵様……、いえ、旦那様とかどうです？」

「だ、だん……っ」

いよいよ極まったように頬を染めて言うシライヤは、胸を押さえたままソファの背もたれへ埋まった。

私の言葉一つで、こんなに感情を示してくれる彼が愛しくて仕方ない。嬉しくなって、彼の隣に腰掛け身を寄せる。

侍女ならばこんなことをしてはいけないのだが、本当に侍女になった訳ではなく、遊んでいるだけなのだ。

私としては行儀見習いという意味で、侍女をしても良かったのだが、シライヤが緊張してしまうという理由で却下となった。

なんとなく諦めきれなかった私は、公爵家に残っていた侍女服を手に、今日一日だけ侍女ごっこをして遊ぼうとシライヤに提案したのだ。

そのくらいならと了承したシライヤだが、遊びでここまでヘロヘロになってしまうところを見る限り、やはり私がシライヤの侍女になる日は来なさそうだ。

「旦那様という呼び方、気に入りました？　結婚したら、そう呼びましょうか？」

私も頬を熱くさせながら、彼の真っ赤な顔に近づいて問いかけると、シライヤは少し考えるように沈黙した後、首を横に振った。

「シンシアに呼ばれるなら、なんだって愛しく感じるが、結婚しても名前がいい。シンシアに名を呼ばれるたびに、自分の名を好きになれる気がするから」

「名前を好きに……。シライヤの名前は、誰がつけたんですか？」

「さあ……。尋ねる機会はなかったが、誰がつけたにしろ、きっとそこに愛情はなかったと思う。だから自分の名を好きにはなれなかった。だが、シンシアが俺の名を呼んでくれると、急に得難いもののように思えるようになった。自分を大切にする為の理由が増えた気がして、嬉しいんだ」

そこまで言ったシライヤは急に肩をすくめて、眉を下げ照れたように笑った。

「安直だろうか……」

自分を大切にする為の理由を探すなんて、私の人生にはなかったことだ。

自分の名が、愛情を携えずに生まれた名であるなんてことも、考えたことがない。

何か慰めの言葉を言った方がいいのだろうかと、ゆっくり息を吸って吐く時間考える。

だけど何も浮かばなくて、それに彼はきっと今、慰めを必要としないくらい幸せなのだと思い直して。

「安直でいいんじゃないですか？　人の心って、あまりに複雑すぎて、疲れてしまうことばかりなんですから。幸せを探す時くらい、安直で、単純で、心のままにできたら、もっと簡単に自分を大切にできる気がします」

「そうか……。そうなりたいな」

「なれますよ。あっという間に」

「あっという間か」

「あっという間です」

笑顔を向け合って、穏やかなだけの時間を共にして、信頼を胸に愛しい人を大切にしていれば、いつか自然と自分も大切にできるだろう。あっという間に。

「では、今日は侍女として旦那様を大切に扱いますので、私のやり方をお手本にしてください ね！」

「えっ……、ま、まだ続けるのか？」

「もちろんです。ここで終わったら、着替えただけになってしまうではありませんか。まず何からしましょう。大切に……。そうですね、安直に考えて、大切にするということは身体を労ることだと思うので、マッサージをしましょう！」

何やらぎょっとしたシライヤが、慌ててソファから立ち上がり、私と距離を取り始める。

「マッサージ……って、シンシアが、俺に……？」

「そうですよ。今の私は侍女なんですから。旦那様のお身体を隅々までマッサージさせていただきます」

更にシライヤとの距離が離れる。仕方ないので、私も立ち上がってシライヤへ歩を進めて行った。

「待ってくれ、それは問題がある。侍女ごっこは十分に楽しんだから、終わりにしよう」

「まだ何もやっていませんよ？　侍女ごっこは、これからです。さあ旦那様。マッサージしますから私にお身体を委ねて」

「次は執事ごっこにしよう！　俺が執事服を着るから！　そうだ、それで美味しいマドレーヌを用意する！」

「そ、それは、また別の問題があります！」

「なぜだ⁉」

じりじりと後退するシライヤに合わせて、私もじりじりとシライヤへ迫る。

「とにかく、今は私のターンですから、大人しくしてください、シライヤ」

「待つんだ、シンシア。正直に言う。貴女にマッサージされたら、不埒な気持ちになってしまうから」

「……不埒なことになってもいいじゃないですか」

ぽそりと言った私の言葉で、シライヤは弾かれたように部屋を出ていった。

私も全力でシライヤの後を追う。侍女の靴はヒールが低く、走りやすくて素晴らしい。

「待ってください、シライヤ！　手や足だけでもいいですから！」

「それでも駄目だ！」

「純情すぎませんか⁉」

「今はまだ純情でいさせてくれ！」

通り過ぎる使用人達の生温かい視線を浴びながら、その日は一日侍女ごっこではなく、追いかけっこをして遊び尽くした。

純情で可愛らしいシライヤを、私はこれからもずっと愛していく。

■ご意見、ご感想をお寄せください。
《ファンレターの宛先》
〒102-8177 東京都千代田区富士見 2-13-3
株式会社KADOKAWA ビーズログ文庫編集部
宝 小箱 先生・夏葉じゅん 先生
●お問い合わせ
https://www.kadokawa.co.jp/ (「お問い合わせ」へお進みください)
※内容によっては、お答えできない場合があります。
※サポートは日本国内のみとさせていただきます。
※Japanese text only

ヒロインに婚約者を取られるみたいなので、悪役令息(ヤンデレキャラ)を狙います

宝 小箱

2024年2月15日 初版発行

発行者　山下直久
発行　株式会社 KADOKAWA
〒102-8177 東京都千代田区富士見 2-13-3
(ナビダイヤル) 0570-002-301
デザイン　島田絵里子
印刷所　TOPPAN株式会社
製本所　TOPPAN株式会社

ISBN978-4-04-737838-4 C0193

定価はカバーに表示してあります。
◇◇◇